酷威文化

图书 影视

怕痛的我，把防御力点满就对了

[日]夕蜜柑 著
[日]狐印 绘
伯劳 译

痛いのは嫌なので防御力に極振りしたいと思います。

梅普露

Lv 24 HP100/100
MP22/22
【STR 0】【VIT 236】
【AGI 0】
【DEX 0】【INT 0】

技能 绝对防御
巨物克星 / 毒龙吞噬者
炸弹吞噬者 / 攻防步法 / 冥想 / 挑衅 / 毅避攻击
大盾攻击 / 穷凶极恶
大盾心得IV

梅普露的情况
LV24 HP100/100
MP22/22
【STR0】【VIT236】
【AGI0】
【DEX0】【INT0】

痛いのは嫌なので防御力に極振りしたいと思います。

怕痛的我,把防御力点满就对了

[日] 夕蜜柑 著
[日] 狐印 绘 伯劳 译

四川文艺出版社

欢迎来到
New Word Oline

图书在版编目（CIP）数据

怕痛的我，把防御力点满就对了 /（日）夕蜜柑著；
（日）狐印绘；伯劳译. -- 成都：四川文艺出版社，
2023.6
ISBN 978-7-5411-6663-1

Ⅰ.①怕… Ⅱ.①夕… ②狐… ③伯… Ⅲ.①长篇小说-日本-现代 Ⅳ.①I313.45

中国国家版本馆CIP数据核字（2023）第088752号

著作权合同登记号 图进字：21-2023-46
ITAINO WA IYA NANODE BOGYORYOKU NI KYOKUFURI SHITAITO OMOIMASU. Vol.1
©Yuumikan, Koin 2017
First published in Japan in 2017 by KADOKAWA CORPORATION, Tokyo.
Simplified Chinese translation rights arranged with KADOKAWA CORPORATION, Tokyo through BARDON-CHINESE MEDIA AGENCY.

PA TONG DE WO,BA FANGYULI DIAN MAN JIU DUI LE
怕痛的我，把防御力点满就对了
[日]夕蜜柑 著 　[日]狐印 绘
伯劳 译

出 品 人	谭清洁
出版统筹	刘运东
特约监制	王兰颖　代琳琳
责任编辑	陈雪媛
选题策划	王兰颖
特约编辑	赵丽杰　杨晓丹　宋艳薇　桑睿雪
封面设计	春秋设计
责任校对	段敏

出版发行	四川文艺出版社（成都市锦江区三色路238号）
网　　址	www.scwys.com
电　　话	010-85526620
印　　刷	天津鑫旭阳印刷有限公司
成品尺寸	127mm×188mm　　开　本　32开
印　　张	7.125　插页4　　　　字　数　120千字
版　　次	2023年6月第一版　　印　次　2023年6月第一次印刷
书　　号	ISBN 978-7-5411-6663-1
定　　价	39.80元

版权所有·侵权必究。如有质量问题，请与本公司图书销售中心联系更换。010-85526620

目录

怕痛的我，把防御力点满就对了

✜ 序　章	**防御特化与此前经过**	001 ✜
✜ 第一章	**防御特化与最初的战斗**	007 ✜
✜ 第二章	**防御特化与集中力**	023 ✜
✜ 第三章	**防御特化与攻略地下城**	039 ✜
✜ 第四章	**防御特化与秘密特训**	057 ✜
✜ 第五章	**防御特化与活动开始**	065 ✜
✜ 第六章	**防御特化与属性考察**	081 ✜
✜ 第七章	**防御特化与朋友**	091 ✜
✜ 第八章	**防御特化与攻略地下湖**	105 ✜
✜ 第九章	**防御特化与第二层攻略**	125 ✜
✜ 第十章	**防御特化与系统维护**	135 ✜
✜ 番　外	**防御特化与巡游第一层**	163 ✜
✜ 后　记		215 ✜

序章 —— 防御特化与此前经过

"嗯……游戏啊,我基本没玩过欸……"

本条枫望着好友白峰理沙硬塞给自己的游戏外包装,叹了口气。

"我总是被理沙牵着鼻子走哇……"

游戏包装盒上画着几个手拿剑杖的男女,还用色彩鲜明的文字写着"New World Online(新世界在线)"几个字。

这个游戏最近卖得超级火爆,属于VR MMO(虚拟现实大型多人在线角色扮演游戏)类型。枫家里的确有能跑这种游戏的设备,不过她几乎都没用过,现在早就蒙了一层薄薄的灰尘,那个设备,也是当时被理沙连哄带骗着买下来的。

"唉……我怎么就没能拒绝她呀……"

序章　防御特化与此前经过

枫的手里拿着一张便笺，那是理沙给她的，上面写着开始游戏时都需要做些什么。

"一见她那扑闪扑闪的眼神，我就没办法说不啊……"

理沙坚信枫一定会玩这个游戏。一想到自己如果不玩，理沙可能会很难过，枫就无法拒绝。

"算了！开始设定吧！"

枫抹去设备上的灰，按开了电源，其实自己也没有那么讨厌玩游戏啦，所以就当是陪陪理沙呗，也无所谓的。

如此想着，枫开始了初始设定。

枫一只手拿着理沙给的便笺，一边完成了 *New World Online* 的初始设定。多亏了这便笺上的内容，一开始的设定推进得十分顺利。

"嗯……这样就可以了，是吧？"

接下来终于可以沉浸到电脑的世界里了，这对枫来讲真是许久未有的感受。她闭上眼，等再度睁开眼时，已身处游戏之中。话虽如此，但还剩了一部分设定必须要完成，所以她目前还未直接出现在游戏城镇里。

"首先是……名字。嗯，直接用枫这个真名好像不太合适……怎么办呢？"

枫苦恼了片刻，输入梅普露（Maple）并按下确定键。

飘浮在半空中的面板变换了显示内容，要求玩家选择初始装备。

"大剑……单手剑，还有锤矛、法杖……嗯，我不太擅长行动的，而且也不想受攻击……那最好还是选用杖的魔法师吧。"

枫查看着摆在眼前的各种装备，这时她突然发现一套令人眼前一亮的装备。

"大盾和短刀？攻击力很低啊……但防御力排第一……欸！只要防御力够高就能降低伤害？"

读完说明文字，枫决定就选大盾和短刀作为自己的初始装备。

顺带一提，提高防御力令攻击无效化，这也仅是在初期阶段才可行，还不如提高火力更合适，所以在游戏里，玩家对这个装备的评价越来越低。总而言之，这个搭配并不太受欢迎。

说到底，本来就没有多少人会以受到攻击为前提去选择装备，一般的盾还能搭配个单手剑和锤矛一类的，但大盾却不行。

其实，大多数人都是从灵活性出发来选择装备的。

"接下来是分配属性点，那就把防御力加到最大。"

就是所谓的"全点防御力"了。这样做,大盾那本就低得可怜的攻击力就会变得更惨,再加上完全没点速度值,她的速度将毫无提升,和现实中一样。那么在现实世界,能有多少人对付得了猛冲的动物呢?

"啊……身高改不了啊,我还想把身高再调高点呢……"

枫很娇小,身高可能也就一百四五十厘米。因为面容和身材都是可爱类型的,所以在学校里有不少人偷偷喜欢她,不过枫自己并不知道。她对自己的身高有些自卑,但如果在游戏中的身形、身高和体重与现实不符的话,实际玩起来可能会有点不好操作,所以枫只好无奈放弃。

"那么,这样就算一切就绪了,OK!"

光芒包裹了枫的全身。

待她再次睁开眼时,已经身处活力四射的城镇广场了。

第一章 防御特化与最初的战斗

枫化身梅普露进入游戏中见到的第一座城里，广场中建有喷水池，还摆了几条长凳。广场连接着大道，很多玩家走在石头铺成的路上，路两侧排列着砖砌的建筑物。太阳洒下光芒，水池喷出的水花耀眼地闪动着。

　　"这里应该怎么做来着……对了，看一下属性！""嗡"的一声，梅普露眼前弹出一个半透明的蓝色面板。

　　梅普露

　　Lv1（等级1）HP（生命值）40/40 MP（魔法值）12/12

　　【STR（力量）0<+9>】【VIT（防御力）100<+28>】

　　【AGI（敏捷）0】【DEX（命中）0】

　　【INT（智力）0】

第一章 防御特化与最初的战斗

装备

头部：无

身体：无

右手：新手短刀

左手：新手大盾

腿部：无

鞋靴：无

装饰品：无

技能：无

"嗯？我记得……VIT指的是防御力吧？啊……我是不是选错了？"

就算是梅普露这种不怎么玩游戏的人也猜得出，属性里全是0肯定不太好。回顾了一下自己的人生，迄今为止，极少有0是带着积极含义的。

梅普露一个个确认自己的属性，然后意识到，尽管攻击力在武器的支撑下勉强不算是零蛋，但是整个属性就是不聪明、不敏捷，也不灵巧。

"啊……搞砸了！怎么办？理沙也不在……"

梅普露哼哼唧唧地念叨，花了几分钟思考得出一个方案：总之先和怪物战斗一次看看。要是实在打不下去了，那也没办法，到时候再重新设定好了。

"好！这就离开城镇吧！"梅普露向着城镇外的方向迈开腿，这时她发现，"周围的人步速都好快！"

静止的时候完全不觉得，如今走起来才近距离感受到了 AGI（敏捷）为 0 带来的影响。

不过，梅普露毫不泄气地向着镇外走去。

目标是初次打怪！

城镇外虽然没有镇里人多，但是也并不冷清。如果在这里战斗，总会有那么一两个人目睹。

"不太想被人看到出糗的样子啊……还是再走远一些吧。"

梅普露保持着不变的速度，一步一步走到了无人的森林里。

"不错！这里挺好的。怪物快出场吧！从哪个方向冒出来我都能接招！"

也不知是不是被梅普露的声音呼唤来的，此时草丛里突然跃出一只长角的白兔。白兔速度飞快地暴冲而来，梅普露完全没点速度值，所以根本无法躲开猛冲的兔子。

"等一下！哇！对不起！"

第一章　防御特化与最初的战斗

梅普露也不晓得自己究竟在对什么道歉，她慌慌张张地举起大盾，结果大盾的角度奇怪地一歪，白兔的尖角猛攻过来，撞到了她的肚子上。

"疼！……咦？并不疼欸？"

白兔的攻击本应极具杀伤力，可它竟然没有对梅普露造成任何伤害。梅普露有些疑惑，于是拉开一点距离。

"哦！厉害！根本不疼！不愧是 VIT（防御力）128啊！嘿嘿，怎么样呀，小白兔？我的腹肌厉害不？"

梅普露腹部猛地用力，但并没有显露出腹肌，甚至还软绵绵的。

不知是梅普露这样挺着肚子的姿势挑衅到了白兔，还是对方有既定的行动模式，总之，白兔再度向梅普露发起进攻。

这次梅普露连大盾都没举，直接用肚子迎接了白兔的攻击。

白兔一遍又一遍地撞向梅普露，梅普露则一直笑嘻嘻地用肚子挡下。她还跑来跑去地和白兔嬉戏，甚至伸手去抚摸它。

这副不可思议的光景要是被不知内情的人看到，说不定会发到网上吧。如果只是闹着玩也就罢了，有时候她还

011

站定了主动给兔子撞,看上去实在是太不可思议了。

这场不知道能不能称得上是战斗的战斗就这样持续了一个小时。梅普露开心地笑着,甚至忘记了时间。

"来呀来呀,再加把劲!"梅普露还在煽动白兔进攻,这时,她脑中响起一个声音:

"获得技能:绝对防御。"

"嗯?那是什么?小白兔你稍等我一下哦。"

梅普露暂时无暇顾及白兔的猛冲,查看起了自己的技能。

绝对防御:拥有此项技能者,VIT 将增加两倍。提升"STR(力量)""AGI(敏捷)""INT(智力)"的所需点数将增加至常规的三倍。

获取条件:持续一小时不间断地承受敌方攻击,却没有受到伤害,且未使用魔法及武器对敌方造成伤害。

"嗯?那我就是 VIT 256 喽?这技能是不是很厉害啊?……可是我只是和小白兔玩了一会儿而已耶。"

虽然梅普露认为自己简简单单就获得了这项技能,但其实只用大盾的话,防御力是不够的。而且全点到某一数值上的话,后劲会明显不足,所以很少有人会这样做,再加上……全点的人也不可能和白兔玩一个小时。

第一章　防御特化与最初的战斗

也就是说，梅普露是奇迹般地获得了这项技能。更进一步讲，目前拥有这个技能的玩家，其实只有梅普露一个。

当然了，梅普露本人并不知道这些。

"好嘞，小白兔，让你久等啦……小白兔？"

"咻——"白兔每一次猛冲都会被弹回到地面上，如今已经遍体鳞伤，它的头顶此刻还出现了血条。就在刚才，红色的血条清零了。

随着铃声一响，白兔幻化成了闪着光的星星点点，随后消失了。连一个道具都没掉，消失得了无痕迹。

"小白兔！"

等级升至二级。

"小白兔！"

少女的悲鸣声在寂静的森林之中回荡。

"唉……为什么死掉了啊？我明明都不准备打败它的……"

梅普露为白兔的死而唏嘘，不过很快她就振作起来，开始检查自己的升级情况。

"啊！属性点增加了5个点！"

要是能把这几点分配一下，就可以顺利和只有零蛋的属性说再见了。

第一章 防御特化与最初的战斗

"嗯……可是都到这一步了,再点防御力以外的属性也怪无聊的……"

点数一旦分配出去就无法更改,所以梅普露也很谨慎。

"好!我决定了!就加进 VIT 吧!"

梅普露将 5 点全部加进了 VIT 之中,向着森林更深处进发,踏上寻找怪物的征程。

和城镇延伸出来的道路周边相比,活动在森林深处的怪物们会稍微强悍些,数量也更多些。梅普露没花多少时间就遇到了新的怪物。

"呜呃……好恶心啊……"

眼下,一只巨大的蜈蚣缠到了梅普露的脚腕上。遇到这种情况,估计没人会受得了吧。

梅普露从腰间拔出短刀,冲着蜈蚣的身体一顿猛刺。这只蜈蚣有毒,被它咬伤,毒液会流进体内,造成伤害。不过它无论怎么啃咬梅普露,都无法伤害她。而且,蜈蚣毕竟没有白兔那么可爱,并不属于梅普露喜欢逗弄的那一类型,所以可以毫不犹豫地打倒它。

但是梅普露的攻击力实在太低了,她刺了蜈蚣十几下才总算把它打倒了。

"没有升级……"

此时，梅普露已经开始犹豫要不要返回了。眼下梅普露还没有废寝忘食地想要升级，她意识到自己和蜈蚣的战斗花了相当长的时间，所以开始琢磨是否应该返回怪物比较弱的区域。

然而不幸的是，在向着森林深处前进的途中，她不小心闯进了这一带最强怪物的地盘。祸不单行，这怪物此刻就出现在了梅普露眼前。

那是一只个头巨大、振翅声轰鸣的黄蜂。

这只大黄蜂此刻正冲着梅普露飞来。

"不是吧？真要来？"

梅普露被这怪物大得离谱的毒针吓了一跳，急忙用大盾护住自己。然而，【AGI 0】的梅普露压根儿跟不上黄蜂敏捷的动作。

黄蜂瞬间绕到了她的身后，毒针向她的颈部扎——不下去？毒针的确刺到梅普露的脖子了，但是它的攻击无法赢过梅普露的防御力，所以压根儿造成不了一点伤害。

巨大的黄蜂依然坚持一次又一次地将毒针扎向梅普露。

"啊哈哈哈，好痒哦。"

梅普露逐渐找回从容，回归常态。

第一章　防御特化与最初的战斗

巨蜂又尝试扎了她几次，终于意识到这样做毫无意义，于是改成了喷射毒液进行攻击。

"嗯……？"

虽然程度很轻，但是梅普露感受到了微微的烧灼感。差不多就是在外面被暴晒了之后又泡了澡的痛感吧。

检查了一下属性，HP（生命值）减1。梅普露防不住毒液，这样下去，再被毒液喷到三十九次，梅普露就会死。

"战略性撤退！"

梅普露扭头就跑，可是极端的AGI的差距根本无法满足她的逃跑愿望。

巨蜂不断喷出毒液，梅普露毫无招架之力。

"唔……"

正当梅普露的HP只剩下一半的时候，她脑中又响起声音：

"获得技能：耐毒性，小。"

这条语音结束后，梅普露便再未受到伤害。要是平日的梅普露，此时应该会很高兴。但是这次不同，巨蜂第一次让她受到了伤害，梅普露其实有点恼火。

"我不行了……"

梅普露摔倒在地上，假装想要爬离这片是非之地。

没错，她在演戏。虽不知是表演奏效，还是单纯的偶然，巨蜂的动作的确发生了改变。巨蜂似乎是想要补刀，于是又喷出一口毒液。梅普露的动作随之放缓，巨蜂做好最后了结掉她的准备，又再次喷出毒液。

此时，技能"耐毒性，小"已进化为"耐毒性，中"。

梅普露终于露出笑容。这就是她的目的，这样一来，眼下唯一担忧的中毒问题就迎刃而解了。于是梅普露彻底装死不动，巨蜂见对手一动不动，便开始蓄力，准备来一波超强攻击。它将脸凑近，想将躺在地上的梅普露抓起来。

"嘿嘿，上钩啦！"

梅普露一骨碌仰躺过来，用手里的短刀猛地刺向巨蜂张开的大嘴。因为口部没有任何装甲防护，所以短刀利落地贯穿它的头，发出咔啦咔啦的钝响。紧接着，她还将短刀左右拽动，巨蜂头顶的血条开始疯狂掉血。

巨蜂暴跳如雷，挥动着自己的毒针，却根本无法对梅普露造成任何伤害。随后，巨蜂一阵抽搐，化成一道光芒，消失了。

一枚银色的戒指掉落下来。

"嘻嘻嘻，我赢啦！"

"获得技能：巨物克星，等级升至八级。"

第一章 防御特化与最初的战斗

梅普露捡起戒指，查看这次战利品的属性——

森林女王蜂之戒（稀有）：VIT +6

自动恢复：每十分钟可恢复HP最大值的一成。

"哦！这个好厉害！可以回血欸！还能捡到稀有道具，看来我运气不错嘛！"

对于MP（魔法值）还只有初始值，而且一条魔法技能都还未取得的梅普露来说，回血能力对她来说相当宝贵。而附加的【VIT+6】也大有帮助。因为梅普露有"绝对防御"，所以等于是【VIT+12】。

梅普露摘下初始状态附加的手套，戴上了那枚戒指。手套并不是装备，只是为角色造型搭配的小物件，所以可以套在戒指上。

"便笺上写了，贵重的道具或者技能最好不要告诉别人，或者展示给别人呢。"

理沙在便笺上写明了防范PK（对决）的方法。不过话说回来，能杀掉梅普露的玩家倒也没那么容易出现就是了。

"接下来是技能……"

耐毒性：中，对强烈的毒性免疫。

获得条件：受强烈毒性攻击四十次。

"感觉也没有特别强烈……该不会VIT还能减弱毒性

带来的伤害吧？"

事实上正是这样，VIT 能够减弱并抑制玩家所受的伤害。

话虽如此，但如果没有耐毒性，还是会受到毒性的一点伤害。

"再下一个！"

巨物克星：HP、MP 以外的属性中，有超过四个属性低于对手的，HP、MP 以外的属性全部加两倍。

获得条件：玩家要独立战胜除 HP、MP 外超过四个属性都在玩家两倍以上的怪物。

"我的属性有四个都是 0 欸，那我的大部分战斗力都会变两倍喽？那就是说……VIT 总共会变四倍！"

正如梅普露所说，她的属性基本都是 0，等于始终拥有双倍 VIT。不仅容易发动，而且因为特化，所以只要技能合适，就会非常强大。再加上她的等级还会提升，每次提升还能拿到属性点。

"咦？怎么只拿到 15 点？所以说只有等级是二的倍数才能拿到吗？"

这次梅普露也是眼都没眨，把属性点全都分给了 VIT。考虑到"巨物克星"的属性，这样做是最优选。

第一章　防御特化与最初的战斗

眼下梅普露的VIT已经高达616了。

"嗯……感觉有点累。今天就先玩到这儿吧，看来这游戏要比预想的更花时间呢。"

梅普露走出森林，返回到了城镇中。她在城镇里稍逛了一会儿，就退出登录，回到了现实世界。

第二章

防御特化与集中力

"好嘞!今天也要加油哇!"

梅普露继续昨天的进度,再度登录 New World Online。

"今天想再去森林试试,真想弄到新技能呀!"

梅普露虽然不是那种会一门心思沉迷升级的人,但也会被取得新技能时的那种兴奋感吸引,这就像是把书一本本填满空荡的书架一样,别有一番乐趣。

"要尽量学到一些能提升 VIT 的技能!"想到这儿,梅普露迈着依然迟缓的步子,慢慢地向着城镇外走去。

"接下来先试试什么呢?"

第一个想到的,是感知周围敌方气息的技能。想必没有什么比提前感知敌人的存在更方便的能力了吧。

第二章　防御特化与集中力

"好！加油！"

她将大盾放在地面上，闭上双眼感受周边的气息。

其实这种方法……

彻底错了。

真正的做法已经写在攻略公告栏了。玩家要假设与自己有一定距离的地方可能存在看不见的敌人，并朝敌人扔石头或放箭。成功数次之后，就能获得感知技能了。

要是靠她这样的方法就能感知敌人，那在现实世界中不就也能做到了？梅普露并不是那种超人，不过她并不知道自己的做法有误，只是一门心思地闭上眼集中注意力。

这一闭眼竟然坚持了三个小时，几乎可以算是睡着了。

坚持发挥谜之耐力的梅普露终于听到了来自系统的提示音，已经迷迷糊糊的她这才开始苏醒。

"获得技能：冥想。"

"嗯，啊？冥想？不是感知敌人？……哎呀，真可惜。"

想到这儿，梅普露准备站起身，却感到身体异常沉重。她睁开双眼查看，发现蜈蚣、毛虫一类的虾兵蟹将，甚至看上去有点强的狼都聚集到她身边，试图攻击毫无抵抗的她。

"啊啊啊啊啊啊啊啊啊啊！"

梅普露惨叫着抽出短刀不停戳刺，将蜈蚣和狼各个击破。不过对于【STR 9】的梅普露来说实在很难，她努力了好半天都打不倒一个敌人。不过，也是因为力量太弱，她自身受不到什么伤害，所以也能放心地去刺那些巴在自己身上的怪物。

如果只是对付纠缠自己的怪物们也便罢了，可事实情况是，她的惨叫似乎引来了更多的怪物，只见怪物们源源不断地从森林深处爬了过来。

"获得新技能：挑衅。"

获得了新技能倒是件高兴的事啦，可是眼下得先逃离危险才对。紧接着——

"您的等级已升至十一级。"

"呼……战斗真够惊险的……这回再看看技能！"

冥想：使用冥想，可以每十秒恢复 HP 最大值的 1%，效果可持续十分钟，且不会消耗 MP。使用冥想时，无法进行攻击行为。

获得条件：在持续接受攻击的情况下冥想三小时。

"其实我那不是在冥想呢……不过无所谓啦，反正热烈欢迎强大技能！"

接下来查看"挑衅"技能。

第二章　防御特化与集中力

挑衅：吸引怪物的注意。每三分钟可使用一次。

获得条件：一次吸引十只以上怪物的注意。可使用道具。

"这个技能蛮适合用来练级的。"

其实，这个技能原本更适合打团战，由一队之中防御力最高的玩家一手包揽全部攻击。可是这种方法并不适用于梅普露，她的 AGI 太低了，就算想升级也追不上怪物。而有这种烦恼的人，估计在整个游戏里也就只剩梅普露一个了吧。

总而言之，这样总算能比较自由地提升等级了。

"接下来就把属性点点在 VIT 上……嗯？属性点竟然有 10 个点！"

是的，每当等级是十的倍数时，玩家就能拿到双倍的属性点，这在游戏中是很常见的设置。不过梅普露却有种天上掉馅饼的感觉，十分开心。

梅普露

Lv11　HP40/40　MP12/12

【STR 0<+9>】【VIT 130<+34>】

【AGI 0】【DEX 0】

怕痛的我，把防御力点满就对了

【INT 0】

装备

头部：无

身体：无

右手：新手短刀

左手：新手大盾

腿部：无

鞋靴：无

装饰品：森林女王蜂之戒

技能：挑衅、冥想、耐毒性：中、巨物克星、绝对防御

梅普露最后确认了一下自己的属性，然后满足地点了点头，下线了。

此时网络上的论坛——

【NWO】我发现了一个超牛的大盾手。

无名大剑手："厉害。"

无名长枪手："展开讲讲？"

无名魔法师："怎么个牛法？"

无名大剑手："西边的森林里有个人被数十只巨大的蜈

第二章 防御特化与集中力

蚣和毛毛虫缠住,这人还一动不动地站着。"

无名长枪手:"啥?这不可能吧?就算那人是大盾手,也会挂掉的吧……"

无名弓箭手:"装备超强的那种吗?什么装备啊?"

无名大剑手:"看上去用的就是初始装备。一想就觉得好恶心,怎么能坦然地被那么多毛毛虫和蜈蚣包围啊?"

无名魔法师:"那样都没死,是不是抵消伤害了?也就只有这种可能了吧……"

无名长枪手:"这真能实现吗?"

无名弓箭手:"好像 β 测试的时候检测过,就算全点防御力,也就只能抵抗小白兔的攻击而已。"

无名长枪手:"那也太弱了吧。"

无名大盾手:"我好像知道那个人。"

无名大剑手:"告诉我呗!"

无名大盾手:"不太清楚她的 ID,但是个身高不到一百五十厘米的美少女哦。看她的移动速度,估计 AGI 基本是零蛋。顺嘴一说,我要是照她那样做,肯定秒挂。"

无名魔法师:"她真全点 VIT 了?嘁,人家可能发现什么隐藏技能了呗。"

无名长枪手:"哦!倒是有可能。但这人竟然是女生,还是美少女哦。"

无名弓箭手："哦哟,你这关注点……其实我的关注点也在这儿。"

无名大剑手："嗯……不过接下来就只能慢慢收集相关信息了。她要是能成为顶尖的玩家,名字自然就排上来了嘛。"

无名大盾手："要是有什么新发现我再发布。"

无名魔法师："感谢您的八卦!【鞠躬.jpg】"

就这样,梅普露在不知不觉中竟然成了一个小小的舆论中心的人物。

"今天也上线啦……"

梅普露已经连续登录三天了。本来是为了陪理沙玩所以才开始的,结果自己现在彻底玩上瘾了。

她开始迷恋起那种获得新技能和提升防御力的成就感,忍不住又将主机电源按开了。而始作俑者理沙,还被父母要求专注功课,所以暂时不能上线。

"嘿嘿嘿……那我就自己先痛快玩几天吧。"

梅普露今天也准备走出去看看。此刻,她突然想到了什么。

第二章 防御特化与集中力

"我现在穿的还是初始装备!"

她拿着没有任何装饰的大盾和看上去超弱的短刀。再看看周围的人,里面有几个估计是高级玩家了,他们身上的装备既带有不少装饰,看上去还很拉风。

她盯着这类玩家看了一会儿,然后发现较远的地方站着一位装备很帅的男性大盾手。

梅普露立即小跑着走近他,搭话道:"请,请问……这么帅的盾应该去哪儿入手呢?"

"嗯?欸?是,是问我吗?"

突然被搭话,男生似乎有些吃惊。

"是的!你手里这个盾好帅哦!"

"哦,这个,谢谢夸奖……这个是定做的啦,去找到工匠然后付钱请他们做就可以。"

"唔,原来如此……"

"不然我来帮你介绍工匠吧,毕竟我们都是大盾手。"

"哦!那太感谢啦!"

"那你就跟我走吧。"

这男生也有可能是在欺骗梅普露,不过她脑子里现在想的全是大盾的事,根本没往欺诈的方面考虑。

幸运的是,这男生的确只是个人很好的玩家罢了。

而且——

"不会吧……她竟然来找我聊天!等下我要发布到论坛上。"

是的,这男人就是某论坛上的无名大盾手。

两个人走了一会儿后,进到一家店里。

柜台后面有一位女性正在工作,见有人走进来,暂停了手上的活计,发现是熟人后便主动搭话道:"啊呀,欢迎光临哦,克罗姆。怎么啦?你的盾应该还不用修护的吧?"

"哦哦,我正巧遇见一个装备大盾的新手,一时冲动就把她带来了。"

这时,梅普露从他身后探出身子。

"啊呀,好可爱的小女孩!克罗姆,你说你一时冲动把这孩子带来了?那我是不是应该报警啊?"说罢,女店主便从空中呼出了蓝色面板。

"等,等一下!你误会了!"

"嘻嘻,我知道啦,跟你开玩笑的。"

"啊……对心脏多不好!快别再这样了。"克罗姆说着松了一大口气。

"小妹妹,你以后不要随便跟着可疑人士走哦!"

第二章　防御特化与集中力

"啊呜……我知道啦。"

"我才不是什么可疑人士！"

"嘻嘻，好啦，闲聊到此为止。来我这儿是有什么需要吗？"

"这个女孩想要帅气的大盾，于是我就想着带她过来，让你们认识一下。"

"原来如此，我的名字叫伊兹。如你所见，我是个匠人，而且专攻锻造，也稍稍会配些魔药。"

"欸！好厉害啊！啊，呃，我叫梅普露。"

因为是第一次在游戏中交流，梅普露有些紧张。但最终还是顺利报出了自己的名字，没有结巴。

"梅普露吗？你为什么会选盾职？"

"呃，因为我怕痛，所以就想着把防御力提高。"

"嗯嗯，原来如此。那 VIT 特化装备应该很适合你，不过你目前应该没有这个预算吧？"

梅普露查看了一下自己手头的金额，她还没买过东西，所以金额是创建用户时自带的三千 G（金币）。

"三、三千够吗？"梅普露不抱希望地问。

"嘻嘻，那肯定不够的啦，最少也得上百万吧。不过钱嘛，不知不觉就会存很多啦。"

第二章 防御特化与集中力

虽然伊兹是这样讲的,可对于现在的梅普露来说,上百万光是听听就令人头晕。

"呃……看来装备自己的事还是以后再说吧。"

"也可以去攻打地下城的哦!地下城有不少宝藏呢,就当是赚钱,去那儿看看吧。不过不清楚那儿有没有什么强力大盾呢。"

之后,梅普露将克罗姆和伊兹都加为游戏好友,以便随时联系。

和这两位亲切的朋友道别后,梅普露离开了商店。她暂时把眼下的目标定为存钱和找到地下城。

"真想拥有帅气的装备呀!"

无名大盾手:"偶遇大盾少女!还加了好友!"

无名长枪手:"啊?"

无名弓箭手:"怎么做到的?"

无名大盾手:"我刚上线就看到她在东张西望,感觉好像远远地和她对上眼了,然后她就主动跑过来和我搭话。"

无名大剑手:"这大盾少女的沟通力超强欸!"

无名魔法师:"然后呢?"

无名大盾手:"她夸我的大盾很帅,我就说可以介绍工匠给她，她就跟我去了商店。但是她的 AGI 实在太低了，要跟上我特别费劲，一路上我停下好几次等她。"

无名长枪手："你 AGI 多少啊？"

无名大盾手："你等等！我先总结一下。开始——

"她没组队；选大盾是因为怕痛不想受攻击，所以想尽量提高防御力；是个超乖的活泼少女。

"总结，这个玩家超棒！

"啊！大家都好好守护她吧！

"之后我也想和你们多交换交换情报，所以这里就先公布我自己的情况了。我的 ID（角色名 / 游戏昵称）是克罗姆，AGI 现在 20，很希望能和这儿的大伙儿交朋友，所以明天能上线的，我们晚上十点在广场的大喷泉那儿碰头。"

无名长枪手："多谢提供情报……但更牛的是你竟然是克罗姆啊？超顶级玩家出现了！"

无名魔法师："大佬太有名了！我都颤抖了！"

无名弓箭手："真棒！明天十点我可以！话说哦，AGI 20 都能把她甩那么远，看来真的是 VIT 点到顶了哦。"

无名大剑手："那我们以后就温柔地守护她吧！"

无名长枪手："可！"

无名弓箭手："可！"

第二章 防御特化与集中力

无名魔法师:"可!"

无名大盾手:"可!"

…………

当然,这一番讨论,梅普露并不知情。

第三章

防御特化与攻略地下城

"寻找地下城呀,感觉自己终于开始冒险了呢!"

安全起见,梅普露用身上可怜的三千金币换了些药水。因为她的血条总共只有40,所以用药效最差的药水就够了,而且她还有巨蜂掉的道具戒指和"冥想"技能。不过只要遇到受伤的情况,就肯定会对她不利。

梅普露整理完毕,向着地下城进发。她的目标是公告栏上标的"毒龙的迷宫"。

"我的耐毒性是中等!没问题的!"

梅普露意气风发,走出城镇直奔地下城而去。

她向着森林的反方向走去,要是在游戏之外的世界,梅普露又没有举着大盾和短刀的话,她那副轻松的画风就好似去远足一般。

第三章 防御特化与攻略地下城

一路上虽然被怪物袭击了很多次,但她依然毫发无损。

这儿附近的怪物似乎要比森林里的更聪明些,它们一发现自己的攻击没有生效,就立即改变行动模式,快速溜走了。因为这时候没有一个目击者,所以梅普露那异常的防御力还未被发现。

梅普露走着走着,发现周围的植物正逐渐干枯,地上也出现了皲裂,环境愈发荒凉了,而且她还看到地上有几处泥沼正噗噗地冒着泡。

她继续走了十分钟,发现地面鼓起来一部分,仿佛张开的大嘴。

"那就是地下城吗?"

走进大洞中,梅普露发现洞顶要比想象中更高,她有足够的空间举起大盾。

向洞深处走去,就出现了一些看肤色就很毒的史莱姆和蜥蜴,它们沿着墙壁和地面爬过来,对梅普露发起了攻击。

"嘿!看招!"

梅普露冲史莱姆刺过去一刀,可是没有刺中它那半透明身体中飘荡着的内核,所以没构成伤害。同时,史莱姆的攻击也没有给梅普露造成什么伤害。

"唔！既然如此……再吃我一招！大盾压制！"

梅普露举着大盾整个人扑过来，将史莱姆压烂了。这并不是什么技能，也没什么威力，而且这种直接趴在敌人阵地里的攻击会露出一身的破绽。不过，就算有破绽，攻击和毒液对于梅普露也都是无效的，所以她不需要考虑这些。

虽然用盾攻击几乎不会构成伤害，但已经足够压烂史莱姆的内核了。只要能够攻击内核，就可以打倒它。可以说，这种怪物反而很适合梅普露。

"好嘞！继续向前吧！"

掌握了如何对付史莱姆，梅普露继续向大洞深处进发。至于那些蜥蜴，梅普露已经放弃了。她的 AGI 太低，每次刚要攻击，蜥蜴就会快速溜掉，所以根本瞄不准。

也不知道她连人带盾扑到地上多少次后——

"获得新技能：大盾攻击。"

梅普露急忙去阅读这项新技能的说明。虽然从名字上也能大致了解这是个什么样的技能。

大盾攻击：用盾攻击，威力靠 STR 来计算，属于低级击退效果。

第三章 防御特化与攻略地下城

获得条件：连续用盾攻击怪物十五次。

"好像不怎么好用……不过那个击退效果看上去还挺强的！"

梅普露继续向更深处进发。地下城的主题就是"毒"，在这里，到处都是有剧毒的怪物和机关。

梅普露在地下城走着走着，逐渐到了一处比较开阔的地方。如果说之前走过的地方属于通道，那眼前这片开阔地就是房间了，而这房间的正中间还长了许多生机勃勃的花草。

在她的眼前，淡紫色的小花瓣正轻盈地晃动着。

"好可爱……是不是什么道具呀？"

梅普露靠近花丛，蹲下身伸手去戳了戳花瓣。结果紫色的花朵突然攒成了一颗花苞，随后喷出了紫色的烟雾，紧接着就是一串连锁反应，周围的花全都开始喷起了毒雾。

"哇哇哇！"

梅普露慌忙站起身，试图摆脱这些扩散到了整个房间的毒雾。她沿着连通房间的小路拼命跑了半天，总算停下来松了口气。

"哎呀，好险……原来那儿还有陷阱呢！"

冷静下来，梅普露继续向前。到了接下来这片开阔处，出现在眼前的是一看就很毒的紫色沼泽,沼泽深处还一直不断向上噗噗地冒着气体。

"这一看就铁定有毒!我已经不会再上当了!"

梅普露如此说道。她准备无视眼前的沼泽,直接走过去。此时,突然有什么东西飞了出来,直击梅普露的侧脑。

"哇!什,什么东西!"

梅普露东张西望地确认着四周的动静,随后在脚边发现了一些蹦蹦跳跳、类似飞鱼一类的东西。

"是、是它撞到我了?"

梅普露盯着毒沼看了一会儿,随后捕捉到了飞鱼从中跳起的景象。

"吓我一跳……"

为以防万一,梅普露将突然飞到自己脚边的飞鱼用盾牌压扁,无视了其他的飞鱼,继续往前走。躲过了怪物和陷阱,梅普露一边和史莱姆"玩耍",一边走到了洞穴的最深处。

眼前是一扇高度有三个梅普露那么大的巨门,她用力推动那扇两开的大门。

"吱吱吱——"大门发出没有润滑的嘎哑的响声,随后，梅普露眼前展开了房间的全貌——

到处都是毒沼，整个房间遍布淡紫色的毒气。

梅普露战战兢兢地走进房间，正在此时，大门猛地在她身后关上了。

"呀！"

梅普露发出短促的惨叫，此时毒沼中冒出一条龙，将她的惨叫声压了下去。而且，这可不是一条普通的龙。

它的身体处处可见腐烂的创伤，有些地方甚至能看到骨头。它还长着三个长脖子、三颗头颅。几个没有眼球的眼窝之中，是一片暗黑。巨龙咆哮着，吹散了紫色的烟雾。这条浸泡在毒沼之中的腐龙散发着沿途所遇怪物远不能及的存在感。

"这、这就是毒龙？"

毒龙彻底无视了梅普露的惊慌，张开血盆大口，将如柱的毒液喷洒向她。梅普露慌忙举起大盾挡在自己面前，可浓烈的掺着剧毒的液体已经包裹住了她。

毒液"滴答滴答"地落在地上，梅普露睁开了紧闭的双眼。她发现自己基本无伤，但是装备就惨了。

"啊！我的大盾和短刀……"

她的装备已经不再生效，全都被腐蚀掉了。幸运的是，有手套保护的戒指平安无事。而紧接着,梅普露的 VIT 因为大盾的【VIT 28】加上"绝对防御"和"巨物克星",效果加乘四倍,等于直接掉了 112。

所以,毒龙喷洒的毒液会对梅普露造成进一步伤害。

第一次遭受攻击时,梅普露的体力值被扣了 1 点。之后每次攻击,都会对她造成 3 点伤害。也就是说,照这样下去,再挨十三下伤害,她就死透了。

"唔,集中精神!'冥想'!"

梅普露再度让自己冷静下来,她闭上双眼,集中自己的注意力。

这一次是在身体受伤害并感到疼痛的情况下进行"冥想"的。倘若不够专注,冥想就起不到任何效果。

戒指、冥想,以及用不多的金钱买来的药水……她得把这些都利用起来。梅普露的目标是更强的"耐毒性",这也是她唯一的胜算。

进行"冥想"时,痛感和恐惧都会变弱,梅普露感觉身体仿佛逐渐融化一般,逐渐什么都感觉不到了。就这样忍受一段时间,等到 HP 只剩两成,她就用掉药水。

如此重复。

恢复量是追不上受伤速度的,所以就要赌:是药水先用完,还是高耐毒性先到手。

究竟哪个先来?

忍耐了一阵子之后,梅普露的脑中回荡起一个声音。

"'耐毒性:中'已进化为'耐毒性:大'。"

总算听到苦苦期盼的声音,可梅普露却高兴不起来。

皮肤仍有烧灼的痛感,她的耐毒性还不够高。

也不知道在此之上还有没有更高阶的耐毒性了,但是梅普露如今只能继续赌下去。

到了最后一瓶药水用光的时候。

"哈哈,终于成功了……"

梅普露脑中响起了取得"毒性免疫"技能的通知。如今毒液劈头盖脸地冲下来,梅普露只觉得舒适。

不过,她也不能待在原地休息。梅普露一边恢复体力值,一边思考着。

如今自己的武器已经坏掉了,该如何才能打倒毒龙呢?毒龙的攻击对自己已经没有伤害了,可是自己对它的攻击也是无效的啊。

这样下去就该看不到尽头了。

而且,除非自己死了,或者打败了对手,否则连这个房间都出不去呀。虽然离线了也算离开，但好不容易强忍伤痛这么久，她总想拿到点什么。估计开发人员也没想到有人会在这里遭遇如此僵局吧。

"呜呜呜……算了，多多尝试吧！反正明天放假！"

没错，很幸运，明天学校放假，所以梅普露有时间慢慢磨。

左试试右试试，想了很多办法，可是都没什么效果，于是梅普露最终做出了这样的行动——

"毒龙的肉烂烂的，感觉好像很软……既然毒性免疫了，说不定我可以吃掉它？"

她沐浴在有毒的空气之中，靠近毒龙的身体。随后，梅普露双手合十。

"……我开吃了。"她一口咬住了毒龙的后背。

"唔，不怎么好吃啊。"梅普露撇撇嘴。

她稍微观察了一下，发现咬掉的部分并不会再生出新肉。但是，如果用手掰掉肉，掉下去的肉就会像倒带一般再长回去，不会造成伤害。不知道是什么原理。

"看来只能靠吃打败它了……"

毒龙的肉有股淡淡的苦味，梅普露不由得想起了自己讨厌的青椒。可是，不吃下去，自己就走不出这个房间。

没办法，她只得捏着鼻子含着眼泪吃下去。

对梅普露比较有利的一点是，这个游戏没有饱腹度。虽然有味觉，但是永远不会吃饱。

"嚼嚼……啊，毒龙先生，谢谢你喷毒液给我。嚼嚼……这样有点辣辣的，就感觉不到青椒味了，帮大忙了……"

梅普露就这样抱着毒龙的身子不停地啃下去，吃了差不多五个小时，毒龙的身体只剩下骨架了。

接下来是尾巴。梅普露刚刚顺着骨架滑到龙尾，毒龙的骨头便分崩离析，不再动弹。随后，它化作一片光芒，消失了。

尽情突破一个个系统漏洞，梅普露最终打倒了毒龙。这时，毒龙的位置上出现了一个光辉灿烂的魔法阵，以及一个巨大的宝箱。

"获得技能：毒龙吞噬者。凭此技能，'毒性免疫'已进化为'毒龙'。

"您的等级已升至十八级。"

梅普露首先将收获的 20 个属性点全都分进了 VIT 里。这样一来，梅普露的 VIT 的基本值就有 150 了。

"很好！防御更加坚固了！"

紧接着确认技能。梅普露从没想过还有"毒龙吞噬者"

这样的技能。

毒龙吞噬者：可对毒、麻痹免疫。

获得条件：通过吸血打倒毒龙。

原来在这个游戏里，"吃"是吸取血条的一种啊。不过，除了梅普露，还会有其他玩家做这种事吗？这本身很值得怀疑。

不过通过吃这种方式，的确会微量恢复HP。但这种方法明显不属于正规的攻击方式，不如说，正规的攻击方式肯定要简单得多。毕竟，谁会愿意去吃毒龙的腐肉呢？

接下来确认"毒龙"这一技能。

毒龙：玩家可以随意使用毒龙的能力。可以通过消耗MP，使用毒系魔法。

获取条件：在获得毒性免疫的基础上，通过吸血打倒毒龙。

看到这些说明，梅普露颤抖了起来。

"这是我第一次获得一个像样的攻击手段啊！而且还是毒系的，和我太搭了！"

一旦被攻击，就只需忍耐即可，可以说是最大限度地发挥了梅普露的VIT。

怕痛的我，把防御力点满就对了

"不过，问题在 MP 上……我想都加 VIT 啊。"

梅普露念念叨叨地纠结，突然她想起还有个宝箱，于是中断了思考。

这个宝箱相当大，呈长三米、宽两米、深一米的长方体。

第一次开宝箱，梅普露忍不住吞了吞口水，紧张和兴奋的心情使得她心跳声大作。她缓缓将箱盖打开，伸头去看里面装了什么。

"哇啊啊啊啊啊啊啊啊！"梅普露激动得大叫起来。

里面放着一副黑色打底、绘满鲜艳的红色装饰、中心还镶嵌了一枚红色晶石的大盾。

此外，还有一副和大盾配套的甲胄。它散发出厚重的光芒，上面的蔷薇浮雕并没有过度醒目，但却存在感十足。

最后，是一把颜色内敛的漆黑短刀，刀鞘上镶满了艳丽夺目的石榴石。

"哎呀！太棒了！好帅啊！"

梅普露逐一拿起这些装备，查看起了说明——

特别装备：这套独一无二的特别装备，送给初次战斗即攻克地下城的攻略强者。每一座地下城仅有一套。获得

第三章 防御特化与攻略地下城

这套装备的玩家无法转让此装备。

暗夜抄：VIT+20，破坏成长。

黑蔷薇铠甲：VIT+25，破坏成长，技能格为空。

新月：VIT+15，破坏成长，技能格为空。

没想到，这竟然是梅普露的专用装备。就连短刀也是强化VIT，放弃了正常的攻击方法。估计除了梅普露，应该没有其他人能够充分发挥这套装备的能力了。

"等我回去了再看看'技能格'和'破坏成长'是什么吧！"

梅普露小心翼翼地将三副装备收进道具栏。紧接着，她被魔法阵发出的光芒包裹住，从地下城传送回了之前的城镇里。

梅普露一回去，就匆匆忙忙离开了。她用手中剩余的钱找了一间旅馆，准备暂住一晚。

在这个游戏里是可以睡眠的，所以也设置了旅馆等住宿场所。不过这一次梅普露的目的并不是过夜。

"先查看一下属性和技能格。"

破坏成长：具备此属性的装备每次遭受破坏都会恢复原状，且力量增强。因为修复为瞬间效果，所以不会因破损对属性数值产生影响。

技能格：玩家可以舍弃自己所具备的技能，将其加到武器上。技能一经转加则无法恢复。一天之内，转加的技能只能在不消耗MP的情况下使用五次，五次以后开始正常消耗MP，每升十五级可解锁一个技能格。

"嘿嘿，好帅啊！而且好强！"

确认了能增加技能格之后，梅普露毫不犹豫地将"毒龙"技能转加给了短刀"新月"。这样一来，之前担心的MP问题也迎刃而解了。

"接下来，就是期待已久的新装备！"

梅普露将所有装备都穿上身，站在镜子前查看效果。整套装备都散发着新手装无法匹敌的超强光环，梅普露满意极了。

"哦哦哦哦！我可太帅啦！"

于是她在镜子前摆了一小时的姿势，当然，也是为了习惯自己这身装备。

"嘿嘿，那么就出发吧！"

这简直是身穿战服出街，所以梅普露其实还是非常紧张的。

果不其然，她这身衣服存在感超群，显得比高级玩家

第三章 防御特化与攻略地下城

还显眼，引得众人注目。不过，梅普露本人倒是不怎么在意这些目光。

虽然已经很晚了，但梅普露想再出去狩猎一番，于是她向着城外走去。

第四章

防御特化与秘密特训

一身漆黑装备的梅普露正坐在水池边烦恼。

　　级别总也升不上去。

　　眼下梅普露是十八级,现在游戏里的最高级是四十八级。因为她一开始对这个游戏完全没兴趣,所以参与得晚了,如今差距便愈拉愈大。

　　那么,梅普露的级别为什么升不上去呢?因为她的AGI实在太低,虽想提高等级,但却很难轻易进入强大怪物所在的区域。

　　"唔……"

　　梅普露看着布告栏,思考该如何搞到有用的技能。她之所以如此认真地思考这件事,是因为昨天官方发布了一条活动通知。

　　没错,还有一周活动就要开始了。内容是计分制的混战，所有参加者都要在杀敌数和死亡次数上你争我夺，而且伤害与受伤的数量也会被算进计数里，前十名会获得限定纪念品。

"一听到'限定'这个词，就忍不住想要了。"

只要一件商品上写了"期间限定"几个字，那么就算踩雷梅普露也会买下来。对她来说，"限定"这个词是有魔力的。所以，她才会思考用这个方法去追等级差。

"嗯……总之先参加这个试试看吧！"

梅普露不再看着布告栏，向北方迈步。没错，梅普露还不知道自己的防御力是多么异常。

"反正明天也休假……干脆就在游戏里过夜，发掘技能吧！"

梅普露的道具栏里还放着睡袋，钻进睡袋里就能安全地在野外消磨时间了。虽然是个一次性的道具，但也是她靠卖素材一点点存下的钱买来的。

梅普露的装备虽然豪华，但她其实很穷。

于是，她走进了北方的森林，准备在这儿扎营。目的是猎取两种怪物：一种是爆炸瓢虫，是一种靠自爆来攻击对手的瓢虫。另一种就是在很多游戏中经常出现的怪物——哥布林。

"好的,'挑衅'!"

梅普露的身体放射出圆形的光芒,目的是吸引怪物聚集。而她则专从这些怪物里挑出哥布林来攻击。这次一共来了五只哥布林,其他的怪物就算去攻击梅普露,也无法构成伤害,所以梅普露根本不用搭理它们。

哥布林挥舞着它们粗制滥造的剑就向梅普露砍去,可是,就算梅普露的AGI是零蛋,她的大盾也不可能防不住从正面攻过来的剑。只要稍微一缩身体,大盾几乎可以把梅普露彻底护在后面。

坚实防守,弹飞攻击,梅普露重复着简单枯燥的步骤。哥布林有五个,效率就是五倍。

"获得技能:大盾心得Ⅰ。"

这是布告栏上有记录的基础技能,所以梅普露已经预习过了。

有了这项技能,装备大盾时就能降低1%的伤害。梅普露并不想提升VIT,她只想一点点把降低伤害的相关技能学到,从而提高自己的防御力。

"'挑衅'!"

再次引来十只哥布林,让它们同时发动攻击,这样效率更高。

第四章 防御特化与秘密特训

短短几小时,"大盾心得Ⅰ"就升级到了"大盾心得Ⅳ",已经能够减去4%的伤害了。而且她还学会了"攻防步法"和"躲避攻击"两项技能,它们的效果都是减去1%的伤害。

"练到这个程度应该可以了吧。"

随后,她用大盾攻击将坚持了这么久的哥布林统统打败。不过也不是一下就击垮了它们,梅普露还是用大盾砸了好几次的。

"获得技能:穷凶极恶。"

此时,梅普露获得了一项意外的新技能。

梅普露玩游戏的思路和其他玩家完全不同,她一直都是消耗时间一忍再忍地磨,所以才会取得一些其他玩家很难发现的技能。

穷凶极恶:每次主动承受对方攻击,就可获得VIT+1。不过效果仅限发动此技能的一日之内。上限为VIT+25。

获得条件:主动承受本能够打败的怪物持续攻击超过一定时间,且未曾受到过死亡惩罚。

"这还真是让人开心的小失算!"

梅普露忍住没轻快地蹦跳起来,转而向着森林深处进发。

没错,这是她开始玩游戏以来的第一次,为了寻找未被他人发现的技能而出征。

爆炸瓢虫正如其名,是一种会爆炸的瓢虫,体格约为普通瓢虫的两倍,经验值很差,又生活在森林深处,所以想要猎捕它很费劲。而且因为大小的缘故,玩家很难躲开它的攻击,所以很容易受伤。因此很少有人跑到这儿来狩猎,这里也成了梅普露独自享用的狩猎场。

梅普露一来到爆炸瓢虫的栖息地,就开始使用"挑衅"吸引它们。因为很少有人来这儿,所以很快就有大量的瓢虫飞了过来。面对敌人,梅普露将佩刀"新月"仅从刀鞘中抽出一点。

"瘫痪咆哮!"

虽说是咆哮,但其实很安静,不过确实还是会有"锵"的一声响。

她赋予"新月"的这个技能本来是毒龙的,所以技能名也大多和龙有关。这个"瘫痪咆哮"的技能略有些特殊,是一种通过声音触发的技能。梅普露选择的触发音则是短刀入鞘的"锵"的一声。

之所以选择这个,单纯就是因为很帅,没什么别的深层原因了。随后,梅普露便一脸满足地看着哗啦啦掉了一地的爆炸瓢虫。

随后，梅普露蹲下来，闭上了眼。

她开始一只只吃起了瓢虫。

"啊……这个口感和爆炸跳跳糖很像啊！闭上眼睛吃就不会觉得可怕了。话又说回来，我反正连毒龙都能吃，这种程度就算小意思啦……"

梅普露当然不是没头脑地任性去做这种事。

等吃到第五十只瓢虫的时候，证明她想法正确的时刻到了。

"获得技能：恶食。

"获得技能：炸弹吞噬者。"

"那……我是不是可以不用再吃了？"

梅普露确认了一下新获得的技能。

恶食：吞噬各种物体，使其变为自身粮食的能力。可以将魔法、攻击、道具转化成自身的MP。超过MP容量的魔力会变成魔力结晶，积攒在体内。

获得条件：吃下一定量的致命性剧毒物质。

炸弹吞噬者：减少50%爆炸系造成的伤害。

获得条件：以吸血方式打倒爆炸瓢虫。

"这技能真好！哇！看来努力吃了这么多还是有意

义的!"

梅普露将"恶食"赋予了"暗夜抄"。

"恶食"属于可随时发动的技能,所以不会有次数限制的问题。而且这样能直接挡住魔法攻击,继而吃掉敌人的武器,使其丧失战斗力。

"接下来就是变成魔力结晶,用'新月'展开超级魔法攻击!嘻嘻嘻,太帅了吧!"

梅普露抽出"新月","啪"地摆出一个向前突刺的动作。这个想象训练简直过于完美了。

"其实我本来是要找爆炸系魔法的……不过结果好就OK啦!"

接下来就是专心将级别升到顶格为止!

那么,梅普露参加的首次官方活动究竟结果如何?梅普露一边想象着正式比赛时的光景,一边开始努力练级。

第五章 防御特化与活动开始

终于,活动开幕的那一天到了。梅普露呼出蓝色面板,最后再确认一下自己的属性。

梅普露

Lv20 HP40/40 MP12/12

【STR 0】【VIT 160<+66>】

【AGI 0】【DEX 0】

【INT 0】

装备

头部:无

身体:黑蔷薇铠甲

右手:新月 / 毒龙

左手:暗夜抄 / 恶食

第五章 防御特化与活动开始

腿部：黑蔷薇铠甲

鞋靴：黑蔷薇铠甲

装饰品：森林女王蜂之戒

技能：大盾攻击、攻防步法、躲避攻击、冥想、挑衅、大盾心得Ⅳ、绝对防御、穷凶极恶、巨物克星、毒龙吞噬者、炸弹吞噬者

"很好！万事俱备了！要是不受伤就好了啊……"

因为梅普露受伤的次数实在太少了，所以她还没有习惯那种受伤的感觉。再加上，她这还是第一次和玩家对战，所以自然会觉得紧张。

在初始广场等待了一阵后，玩家开始陆陆续续聚集起来。

此时，空中浮现出一个巨大的屏幕，它会实况转播一些玩家的有趣战况，主要是给工匠和未参加比赛的人准备的。

"那么，第一次官方活动，超级大混战，现在开始！"

于是，广场上到处都传来"哦哦哦哦！"的大吼声。梅普露觉得有点不好意思，不过也高举双手一起吼了

起来。

紧接着,广播继续声音嘹亮地播放——

"那么,我们再重申一遍游戏规则!时间限制在三小时之内。地点则是为本次活动新设计的专用地图!按打倒敌人的数量、被击败的数量、受伤害与输出伤害这四大项计算总比分,得出排名!前十名将获得限定纪念品!大家加油吧!"

广播结束后,空中的大屏幕开始出现被传送至新地图的倒数计时,数到零时,包含梅普露在内的所有参赛玩家都被光芒包裹,传送走了。

"嗯……这里是……?"

感觉那道炫光逐渐消散,梅普露慢慢睁开眼。

她来到了一片满是断壁残垣的废墟的中心广场。乍一看,四下空无一人,梅普露本来很紧张,所以没有当头就是一场战斗,这也让她稍微松了口气。

"反正就算我跑起来也都追不上谁……我就在这儿守株待兔吧!"

梅普露找了一块石头砖坐下,等待着其他玩家主动来进攻自己。她虽然看起来很放松,但大盾被她紧紧抓在手

第五章　防御特化与活动开始

里不松。

梅普露拿着小棍儿在地上写写画画。过了一会儿,她便听到周围传来沙沙沙的响动。

"来了是吗?"

想到这儿,梅普露抬起头,而对方攻过来的剑已经逼到眼前了。

"赢了!"

放到以前,她可能撑不住这一剑的攻击。但是现在梅普露可是拥有"大盾心得Ⅳ"的玩家。她执盾的动作比过去更加流畅,于是顺利挡下这一剑。

随即,大盾将剑吸了进去。

"啊?呜哇哇哇哇哇!"

攻击梅普露的男性手里的剑并没有被大盾弹开,这使得他拿剑的手,甚至半个身子都被吸进了大盾中,随后化为光点消散了。主武器既然已经被夺走,如今他也无法再回归战场了,估计只能旁观。话说回来,要是有备用武器或许还好些,不过战斗也依然会很严酷吧。

于是,他的生命变成了一块漂亮的红色晶体,嵌在了梅普露的盾牌上。

"接着画！"

梅普露一副浑身破绽的模样，又开始在地上写写画画了。

没错，乐呵呵画图的梅普露其实就是一身的破绽。她并不是有意用这种方式吸引敌人的，但是这回又引诱到了一个三人团体上钩。

组团作战并不算违规。他们团结起来是为了让团队中的一个人冲进前十名。

男性剑士冲了过来，而且是毫无架势的直线冲刺。对于AGI为0的梅普露来说，真是相当快了。然而，这十米的距离，还是远远比不上"新月"收刀入鞘的音速。

"瘫痪咆哮。"

"锵"的一声轻且脆的金属音，三个玩家纷纷瘫倒在地。随后，盾上的结晶也"啪"的一声裂了。梅普露举起了大盾。

"嘻，我赢了！"

这一次梅普露特别注意没去弄坏敌人的主武器，她只用大盾碰了一下倒地玩家的头。一瞬间，剑士便化成光点消失了。她用同样的办法击败了剩下的两个人。

红色的装饰愈发耀眼，大盾的盾面上浮现出了新的红

色结晶。

"大盾……其实要比想象的强嘛!"

梅普露为大盾如此不受其他玩家欢迎而感到不可思议,她点了点头,又回到了原位。

当然,眼下她身边没有一个幸存者告诉她"有如此怪力的大盾手只你一人啦"!

【NWO】第一次活动观战席

241 无名观战者:"这次第一应该是培因吧?他是游戏里的最高等级了,而且还开了无双。"

242 无名观战者:"他太猛了,那些动作简直不是人能做的。"

243 无名观战者:"不过,一路赢上来的都是老熟人了。"

244 无名观战者:"顶级玩家就是很强的嘛,很正常。"

245 无名观战者:"哈?这谁啊?太猛了吧!"

246 无名观战者:"哇!大屏幕现在播放的那个,好强!"

247 无名观战者:"暂定成绩排名中有个叫梅普露的大盾手,她已经打败一百二十个人了,而且一点血都

第五章 防御特化与活动开始

没掉。"

248 无名观战者:"啥?"

249 无名观战者:"开外挂了? 不……好像没有欸。"

250 无名观战者:"说起来,这人要是杀得这么猛,应该会出现在大屏幕上的吧?"

251 无名观战者:"你说这人? 这人现在就在大屏幕上呢。"

252 无名观战者:"哦,用的盾啊! 还把人家的剑都吸了! 怎么回事哦?"

253 无名观战者:"长得好可爱啊,但是玩法也太冲了,向她发起进攻的人基本连挣扎都没有就直接挂了。"

254 无名观战者:"但是,她动作未免太慢了吧? 从刚才开始一直在反击。"

255 无名观战者:"也是哦,凭她那个反应速度,一般都会掉血才对啊。看看,我正说到这儿……啊?"

256 无名观战者:"怎么了?"

257 无名观战者:"怎么了?"

258 无名观战者:"她为什么能用头直接把劈下来的剑弹飞?"

259 无名观战者:"欸? 认真问,这是能做到的吗?"

260 无名观战者:"能做到的话大家不就都会了?"

261 无名观战者:"比起什么大盾和异常状态,我看她本人的秘密更多吧。"

地点回到活动区域,梅普露实在是原地坐腻了,于是沿着一条路慢悠悠地向前走。

前面过来了一大帮人,竟有五十人那么多。梅普露倒是见到过几次组团情况,但她还是头一回见到有这么多人的团队。

这个团队中大多是魔法师,一见到梅普露走过来,他们便纷纷举起法杖开始魔法攻击。他们恐怕也是在这条路上守株待兔,看样子猎到了不少玩家。他们的动作毫不迟疑,显得老练极了。

"我要用超级魔法把你们轰飞!"

魔力结晶积攒过多,梅普露的黑色大盾都快变成红色的了。她觉得也该消耗一波了。

反正也不再需要魔力结晶了,所以她直接硬挡下了近五十个魔法师的攻击。等到对方魔法用尽,梅普露拔出了腰间的短刀。

为了做到最大程度爆发威力,需要将"新月"从鞘中

第五章 防御特化与活动开始

全抽出来。刀身展开了一片紫色的魔法阵，喷涌出了紫色的光芒。

"'毒龙'！"

长有三颗头颅，全身剧毒的毒龙，将大盾上嵌着的全部魔力结晶都吸收起来，化作向前面三个方向喷射扩散而出的毒海。

魔法师团队，以及一些不巧在附近活动的玩家全都瞬间被轰飞了。

【NWO】第一次活动观战席

295 无名观战者："这也太怪物了吧！"

296 无名观战者："有点奇怪。防御系技能都没发动，直接靠 VIT 扛魔法攻击，还能无伤。还有威力无敌强大的魔法……那家伙的属性点究竟长什么样啊？"

297 无名观战者："她直接硬扛魔法攻击，是因为身上那套铠甲有什么了不得的技能吗？"

298 无名观战者："大规模技能基本都有特效的吧，但她的铠甲都没发光，估计是没什么技能。当然也不绝对。"

299 无名观战者："嗯……我也没看出那个铠甲有什么

不一般……"

300 无名观战者:"真服了,她简直是一座移动的碉堡。"

301 无名观战者:"哈哈哈哈笑死,真是移动碉堡欸。"

倒计时还剩一小时,一小时后,全部排名就要出炉了。

在如此紧张的状态中,广播高声响起——

"现在的第一名是培因,第二名是多雷德,第三名是梅普露!接下来一小时中,如果能打倒前三名之中的任何一名,就可能把其手中分数的三成占为己有!三个人的位置已经显示在地图上了!那么就请大家努力到最后吧!"

"看来是不准备让我们简单收场了。"培因一副毫无紧迫感的悠闲模样。

"哎呀……这么麻烦?别了吧……"多雷德明显表现出一副厌倦模样。

"好耶!我是第三欸!"梅普露则一脸高兴。

三个人的三种不同表现被各地玩家看在眼里。此刻,此次活动走向了最高潮。玩家们争先恐后地向着这三个人的所在地冲去,个个要抢先夺得人头。

第五章　防御特化与活动开始

"在这儿！是她！"

玩家们从森林蜂拥而出，其中自然也有 AGI 点很高的玩家。梅普露自然跟不上他们的速度，只能眼睁睁地挨刀子。

"啊？为、为什么？"

这些攻击对梅普露毫无效果。

本来想当然觉得一定能把梅普露拿下的玩家，还没等采取下一步行动就被大盾吞噬了。之后又有很多人飞奔而来，结果都不晓得自己的武器为什么无法对大盾构成伤害，然后紧接着就骂骂咧咧地被大盾吸走了。

如此这般反复多次后，玩家也明白其中端倪，不敢再贸然攻击，而是一点点缩短距离。尤其是将关注点放在那个一击必杀的大盾上的玩家非常多。

然而，梅普露用来进攻的武器其实并不是大盾，而是短刀。这可是出乎玩家们的意料了。

"致死毒息。"

梅普露将"新月"的刀身从刀鞘中抽出半截，于是，刀鞘中汩汩涌出紫色的烟雾。

"瘫痪咆哮！"

玩家们纷纷倒地，谁也没能逃脱致死的毒雾，从最前列开始纷纷化成光点消失了。

最终,所有进攻的玩家都成了梅普露的得分。

"结束!公布结果!第一名到第三名的顺位没变。那么接下来是颁奖典礼!"

梅普露的眼前罩上了一片白光,她又被传送回了一开始的广场。

从第一名到第三名都要登上领奖台,于是梅普露也听话地走了上去。她直挺挺地面向前方,但是眼前有无数的目光在看着自己,她觉得好害羞,整张脸红通通的。

然后,在她紧张得大脑一片空白时,麦克风被塞进了她手中。

"接下来是梅普露,请说句话吧!"

既然主持人说接下来是自己,那就意味着前两名都已经发表完感言了。可是梅普露实在太紧张了,根本没听见。

"欸,啊……欸?呃,这个,我一直忍到了最后,真的。"

梅普露吃螺丝了,而且结巴得非比寻常。她根本不知道该说些什么,所以讲了一堆乱七八糟的话。

梅普露不知道,自己那副太过害羞根本不敢往前看的样子,被很多玩家都录下来了。

接过纪念品,梅普露就急慌慌地溜回了旅馆。

当晚,论坛出现了"梅普露超可爱"和"梅普露超强"的帖子,热闹极了。

定还能自动回血呢！"

无名魔法师："终极魔王不能回血，这不是常规吗！"

无名大剑手："我自己打了上面那行字都忍不住笑出来了，而且她才刚开始玩欸。真是'超级新星'了。"

无名魔法师："下次活动的时候怕不是连铠甲都装备异常功能了！同意我的请举手。"

无名弓箭手："其实她已经算顶级玩家了吧……也太离谱了。又可爱又强大，太牛了！"

无名长枪手："我们就默默守护她吧！虽然属性已经是一线水准，但其实内里还是个新人呢。"

无名大剑手："是哦！接下来请大家分头调查喽！"

无名弓箭手："遵命！"

无名魔法师："遵命！"

无名长枪手："遵命！"

无名大盾手："遵命！"

首次官方活动的第二天，梅普露来到布告栏前抄写笔记。她想继续获取一些能够减轻受伤的技能，所以准备把布告栏上所有明确了获取条件的减伤技能都记录下来。

而且，明天正好是 *New World Online* 发售三个月的日子，官方会配合这个日期进行一次大规模升级，游戏将添加一些新的技能和新的道具。这些更新在网络上引发了热议，但其实重点并不在此。

重点其实是，如果能将现在游戏地图最北端地下城的大 BOSS 打倒，就能进入此次升级的新地图里。当然，是组团进攻还是单挑都可以。

简单点讲，就是在第一层打败终极敌人，就能上升到第二层。

梅普露也想等多学些技能之后，去挑战试试。

"今天……就去取得'大防御'技能吧！"

梅普露信心十足地说。不过她也发现了一个问题："暗夜抄"能够彻底吞噬接触到自己的物体，这项技能十分凶恶。而想要获取"大防御"的条件是要承受攻击，这样一来，她就没法取得"大防御"了，因为攻击打到她之前就会被吞。

"嗯……不过既然有大盾了……这个技能也可以不要……不不，我还是想多掌握点技能……"思考一阵之后，梅普露似乎想到了些什么，于是迈开了脚步。

"不知能否顺利呢？"说着，她便来到了之前克罗姆带她去过的伊兹开的店。

第六章　防御特化与属性考察

"哎呀！欢迎！你现在可是个名人了呢……之前来我这儿的时候你还是初级装备呢。"

"谢谢您！那个……今天有事想找您商量。如果勉强的话直说就好……"

打了一番招呼后，梅普露开始讲了起来。伊兹听完她的话，重复确认道："你想要一套造型别致，但是属性怎样都行的纯白装备，对吗？然后想知道这么一套装备需要多少钱。这个嘛……如果能自备素材，一套大概就是一百万G的样子吧。不过，如果你带来的素材比较好，做出来的装备性能或许也会提高的哦。"

"暗夜抄"属于战斗型大盾，所以不适合用来提高技能。因此，梅普露决定另外打造一副专门用来提高技能的大盾。不过，她对大盾的造型比较讲究，所以不准备随便买一副难看又土气的盾。尤其是自己现在也比较受关注，所以还是要用心搭配造型的。

既然如此，那就干脆弄齐一整套装备好了。已经有了一套漆黑的装备，接下来就做套纯白的吧。梅普露"嘿嘿"地笑了，她的脑中已经浮现出了自己身穿那身新装的模样。

"明白了！我会带着钱和素材再来的！"梅普露留下这么一句，飞奔出店。

要想知道自己打造新装备所需的素材应该从哪儿弄到手,梅普露还得回布告栏去。

首先,必须要有具备一定硬度的白色素材。梅普露从布告栏中找出了两个符合这一条件的素材。

一个是白水晶。不过,像梅普露这样【DEX(命中)0】的玩家是挖不到的。所以,梅普露便向着另一条路前进了。

她的目的地是城镇南边的一片宽广的地下湖。虽听说这湖里藏着什么秘密,不过迄今为止还未出现什么可疑之物。

梅普露的目标,是湖中那些鳞片雪白坚硬,正在群游的小鱼。鱼群之中的首领则通体青色,同湖水融为一体。

"感觉像小学时候读到的故事里描述的场景欸!好怀念!"

梅普露购买了新的钓具,斗志昂扬地向着地下湖前进。

"好嘞,钓鱼行动,现在开始!"

"啪沙"一声,就是开始钓鱼的信号了,接下来只需安静地等待猎物上钩。于是,二十分钟后——

"上、上钩了!"

梅普露猛地用力甩起钓竿,水滴的飞溅声在安静的地下湖响起。终于,那条雪白的鱼儿被拉了上来,跌到梅普露身后的地上乱蹦。

稍微搁置一会儿后,鱼儿留下一片五厘米的鱼鳞,化

第六章　防御特化与属性考察

作光点消失了。

原本鱼鳞应该会更小，不过梅普露知道这是游戏的特殊设计。她将这片鱼鳞收进了收藏中。其实她的鳞片还远远不够，但没办法，明天还要上学。

"不会吧！已经这么晚了？呀呀呀，今天就只能再钓两条了……"

因为钓鱼要与 DEX 和 AGI 挂钩，所以梅普露的效率处在最低值。如果是生产系的匠人，比如伊兹，差不多一分钟就能钓上来一条。

没办法，梅普露只能就此打住，退出了登录。

不能因为沉溺游戏就脱离现实。在这一点上，梅普露和邀请自己玩游戏的理沙不同，她还算是比较理智的。

"呼！今天就先玩到这儿吧，还得准备明天上学用的东西呢！"

枫关闭了设备电源，照着第二天的课程表开始收拾起了书包。

"收好啦！晚安！"

枫倒到床上，才过几分钟就发出沉睡的呼吸。

一定会做个好梦的吧。

第七章 防御特化与朋友

"那我出门啦!"

枫穿上制服向学校走去。

这几天阳光灿烂了起来,天气暖融融的非常舒服。总算是有点春天的样子了。

枫的座位就在窗边,一个不小心就会打瞌睡。看这个情况,和她隔着两个座位的理沙估计要在下午的课上打盹了。

一边想着这些,一边走在上学的路上。枫的家离学校相当近,所以平时都是走路上学的,步行大概五分钟就到了。

吹着舒适的春风走路一点也不累。而且枫也没有花粉症,所以她还挺喜欢这个季节的。

"好嘞!今天也要好好加油!"

穿过校门,走进教室,枫坐到了自己的位子上。

之前一直都在读书,不过既然已经开始玩New World

第六章 防御特化与属性考察

【NWO】梅普露之谜（考察）

无名长枪手："我开新楼了！"

无名大剑手："哦哦！这一帖的主题是我们的梅普露！"

无名魔法师："说实话，我觉得她比培因还猛欸，为啥最后只得了第三？"

无名长枪手："因为她一开始一直在废墟画画啊。"

无名弓箭手："太可爱了吧！"

无名大盾手："吓死人了，我都怀疑那个真的是大盾吗？啊，说起来，我这次排第九。"

无名长枪手："不愧是您！大盾竟然能打到这个名次！（无视梅普露。）"

无名大剑手："那我先发一些关于梅普露的总结信息。

"第一次活动，梅普露排名第三。

第六章 防御特化与属性考察

"死亡回数：0；受伤次数：0；击破数：2028。

"装备有把敌人吞噬掉的大盾，能力很邪门的能产生异常状态魔法的短刀和黑色铠甲。但铠甲似乎不能发挥什么异常性能。

"防御力也很离谱，甚至能抵抗住五十个魔法师同时集中施法，还无伤。"

无名魔法师："真的……再看多少遍都觉得这太离谱了……"

无名大盾手："大盾……这种装备说不定还真有……嗯……短刀……嗯，说不定有的吧？梅普露本人……这是啥啊？所以她本人的属性和技能结构才是最大的谜团。梅普露的 VIT 究竟啥样啊……"

无名大剑手："真不愧是移动碉堡，厉害。"

无名弓箭手："这是单纯靠 VIT 值去顶的吧。不过话说回来，梅普露的那些技能，有人见过吗？受到魔法攻击的时候，那个闪闪发光的，肯定是用了某种技能吧。"

无名大盾手："异常状态，不懂；防御力上升……要是真有那么硬核的技能我肯定要搞到；大盾……不懂。"

无名魔法师："这个梅普露手里的那些技能我是一个都没见过，不过一些基本的技能她应该都有吧，梅普露专有的那些技能我真是看不懂。"

无名弓箭手："一对一最强吧，这是？"

无名魔法师："真有可能欸。在那种大范围的异常状态的攻击下，要是啥都不做肯定也赢不了。致死毒雾啥的，那是相当高级的魔法了。这里我就很迷惑了，她MP究竟啥样子？竟然那样接二连三地用魔法……而且她应该全点VIT了吧？这么做的话，MP肯定会不够啊。"

无名大剑手："那个啊……她那副大盾应该是能储存魔力的吧。就是，被大盾吞下的东西全都作为魔力储存起来了什么的。"

无名长枪手："那么说来，那些红色的结晶就是储存的魔力了呗？的确哦，每次使用魔力，那些结晶就会有裂的。"

无名大剑手："也就是说呢，梅普露通过自身高得无边无际的防御力，把各种伤害都压成了零蛋，再把觊觎她装甲的攻击和玩家变成MP。最后用异常状态击垮他们。是这么回事吧？"

无名长枪手："这是什么终极大魔王啊！"

无名弓箭手："要命……太鬼畜了！"

无名大盾手："而且，她说不定还有隐藏技能没展示呢。这次没有人能让她掉血，所以看不出来。但是她说不

Online 了，就得把这部分时间用在考虑技能上了。该怎么做才能获得某种心仪的技能，光是思考这些就好开心。

"你干吗傻笑啦？"

枫的脑袋被敲了一记，敲她的人正是理沙。

"没、没什么啦！"

"真的吗？哦，对啦！我今天来找你可不是干这个的。嗯嗯……嘿嘿嘿，枫，今天有要事宣布哦！"说到这儿，理沙弓着腰猛地将脸靠近枫。她清了清嗓子，一副故弄玄虚的样子，枫也配合着她："嗯？究竟怎么回事呀，理沙同学？今天兴致很高嘛！"

"没错！你猜怎么？我竟然获得玩游戏的许可了哦！"

枫"啪叽啪叽"地拍起细碎的巴掌。

理沙应该超努力地学习过了，看上去特别开心。单是那表情，就惹得枫跟她一道高兴起来。

"所以呢！虽然之前是硬把游戏塞给枫来玩的，不过从今天开始我也终于能一起玩啦！"

"那我们两个可以组队了？"

"嗯，对对。可以组……欸？枫已经开始了？"理沙惊得大声问道。

因为两个人到学校的时间都很早，教室里就只有她们两个,所以完全不用顾虑周围。

"嗯……嘿嘿嘿。"

"我硬把游戏塞给你的时候,你不是表现得特别勉强的吗!"

"你还知道是硬塞的?"

"嗨呀,真开心……本来以为没办法两个人玩的,没想到枫这么有兴致……还有还有。"理沙继续道,"你现在打到多少级啦?还是只有账号,还没开始?"

"嗯,这个……我,我现在是二十级。"

枫说出这句话的瞬间,理沙露出了一个惊呆的表情。待到理解了枫的意思,理沙又开始坏笑道:"哦哟!枫对游戏的狂热程度可真是出乎意料呀!"

"唔……"

枫脸颊通红地瞪了瞪理沙,理沙忍不住又开心地笑起来。因为并无恶意,所以枫也没有抱怨。

"啊哈哈哈,抱歉抱歉,开个玩笑啦。不过你都打到这个级别了,角色养成方面应该也已经决定好了吧?"

"嗯。防御特化的大盾职业!而且呀……嗯,如果是理沙,说出来大概也不要紧吧,其实……"枫将自己的技能和属性数值都告诉了理沙。

第七章 防御特化与朋友

"哇,你这是什么怪物设定啦!不愧是枫,你已经彻底脱离普通玩法了耶。"

"欸?……是这样吗?"

"是啊。或者不如说,你这不走寻常路线入手的东西也太强了吧!啊……这回想要追上枫估计会很吃力了……"

"不,不过要是和我选择的一样,就……"

听到枫这样说,理沙将手臂在胸前交叉摆出"×"的动作,摇头道:"你是你,我是我啦。我不准备动用我们的友谊权限去抢走枫发掘的技能哦。不过嘛,能用特殊手段获得技能的思路我可记下啦!这也是没办法的事。"

"那,理沙准备怎么办呢?"

"枫是防御特化的盾职,那我就选个魔法师职业吧。但是这样和枫组队有点太普通了,而且实际战斗中也并不需要我。"理沙喃喃低语着思索了半天,随后似乎想起了什么,露出一个笑容,"好!我决定了!我选回避盾!"

"回避……盾?"

"嗯!就是把敌人的攻击吸引过来,然后再靠回避技能让攻击失效!"

"噢噢噢噢!听上去好帅呀!……但是,盾职我来就好了呀。"枫道出了心中疑问。没错,组队的两个人如果都是盾职，就没意义了。

"枫和我组队战斗的时候，不管打什么都是零伤害哦！永远无伤！怎么样？是不是超帅的？"

听理沙这么讲，枫在脑子里想象了一下那种场景，不由得拼命点头。因为过于兴奋，连手也跟着摆个不停。

"我就是想用这种属性组队，所以才要选回避盾的！"

"理沙加油！我也要加油再提高防御力！"

最后，两个人约定好当晚线上见，便结束了对话。理沙也坐回到了自己的座位。

"回避盾……难度最大？不过，这样才够燃吧！"

理沙的小声咕哝并没有传到枫的耳中。

大概游戏玩家生性便是如此，理沙总是喜欢去选择一些难度比较高的目标。

如果想要实现刚才理沙提到的无伤的无敌组合，一个必要条件就是，理沙能够持续躲避开敌人的攻击。比如能发出数十发的魔法攻击，高速连续攻击。

光是想象着自己以毫厘之差躲避攻势，击倒敌人……

"好期待！！简直忍不住了！"

"哦哦！城镇是这种感觉的欤！"

第七章　防御特化与朋友

理沙环顾四周，高兴地提高了嗓门。看到理沙那副模样，枫不由得想起了刚开始玩游戏的自己，真怀念呀。

"枫的……啊呀，好险。梅普露的装备和你本人之间的反差感好明显，我有点不适应欸。"

理沙现在改用游戏昵称来称呼枫了。接下来她也告诉枫，自己在游戏里的名字叫莎莉。

"莎莉，莎莉对吧？嗯！记住了！"

枫也小心注意，在游戏里不再喊理沙的本名了。

理沙——也就是游戏里的莎莉——立即和梅普露互加了好友，组成团队，还给梅普露看了自己的属性。

莎莉

Lv1 HP32/32 MP25/25

【STR 10<+11>】【VIT 0】

【AGI 55 <+5>】【DEX 25】

【INT 10】

装备

头部：无

身体：无

右手：新手短剑

左手：无

腿部：无

鞋靴：新手魔法靴

装饰品：无

技能：无

"莎莉点了很多属性欸。"

"这才是正常做法啦！……VIT和MP还有HP这几个暂时可以先不点。"

"为什么？"

"只要能全部躲开，就不会受伤，所以不需要HP和VIT嘛！魔法这部分还不知道需不需要……所以MP和INT暂时低些就行。STR可以用武器作为补充。"

"你想得好细致啊！"

梅普露每次升级全都只点VIT，其他的事一概没考虑过。

"嘻嘻嘻，我想的东西和完全不会掉血的人想的当然不一样了。说起来，上次拿了第三名，奖品不是装备吗？"

梅普露身上的装备和莎莉听说的完全一样，所以她才会发出这样的疑问。

第七章 防御特化与朋友

"只拿到了纪念奖牌而已啦,虽然我本来也期待能拿到装备呢。"

"没关系的,下次活动可能就不只是奖牌啦。欸,然后呢?咱们接下来去哪儿?"

听梅普露说今天的目的地是地下湖,莎莉赞许地点头,看上去她似乎有些想法。

"那么就包在我身上吧!我有个好点子!"

梅普露老实认真地倾听着。

莎莉一路向地下湖飞奔。在游戏里如果身体的运动速度过快,玩家的大脑也会感到疲劳从而使动作变迟钝。不过这个程度因人而异。

大脑的运行速度有多快,会反映在玩家的行动速度和体力等 PS(player skill,即玩家技能)上。莎莉之所以能够跑得这么快,是因为她已经非常习惯 VR 游戏了。那么重点就是梅普露——

她竟然被莎莉背在背上。

平时配备的重装甲全都去掉了,所以可能大部分人都认不出她是梅普露。

装备防护道具虽然不影响 STR 值,但是如果背了人,就得额外将防护道具所需的 STR 也算进去,所以梅普露才

第七章 防御特化与朋友

会去掉装备。

"前方出现三匹狼系怪物！梅普露！"

莎莉在游戏之中逐渐冷静，开始向梅普露发出指令。多亏莎莉反复下达明确指令，梅普露对于情况的掌握要比单打独斗时到位很多。

"明白！"

听梅普露如此回应，莎莉便迅速将她放下，并拉开距离。

一直到地下湖的这段距离，由 AGI 较高的莎莉背着梅普露完成。途中遇到敌人时，莎莉便将梅普露放下来，由她收拾敌人。两个人各司其职，只花了梅普露独自一人时花费时间的五分之一便顺利抵达地下湖。

"哦哦哦！真是太快啦！"梅普露重新穿回装备，高兴地说。

莎莉早早便立了功，显得很得意。

"嘻嘻嘻，快崇拜我吧。"

"哈哈哈，莎莉大人好棒！"

两个人如此嬉闹了一小会儿，便开始钓鱼。莎莉也买了一副钓竿，两个人肩并肩在湖边垂钓。然后，一小时过去——

"总，总算钓到第三条了！"

"哦！又上钩了！"

最终结果，梅普露钓上三条鱼，莎莉钓上十二条。

"因为等级是一级所以才来这儿的，不过光是把钓上来的鱼杀掉就能不断升级了欸。"

实际上，莎莉现在已经升级到六级了，而且——

"'垂钓'技能到手！……学会的第一个技能竟然是'垂钓'欸……我这样也没法笑梅普露奇怪了。"

要获得"垂钓"技能，需要 DEX 在 20 以上，所以这个技能估计和梅普露一辈子无缘了。

"莎莉不去点点属性吗？"

"我准备多掌握些技能再说。有时候战斗方式也由技能决定的嘛……我想多攒攒属性点。靠着目前的初始属性倒也还能战斗啦。"

"真有你的！不愧是高端玩家！"

"也没有多高端啦，不过确实比梅普露玩的游戏种类多些。"

说罢，两人又继续垂钓了一小时。梅普露的钓鱼结果依然没变，可是，已经拿到"垂钓"技能的莎莉这次却钓上了二十条鱼。

"怎么样，这回够用了吧？"

第七章　防御特化与朋友

"嗯……能不能再钓一小时？"

"没问题！不过，我有个想法想实践一下……不过不是靠钓鱼，是直接潜下湖底去捕，可以吗？"

"当然可以啦……但是竟然能这样做吗？"

"我觉得可以。说起来，梅普露不是一直在尝试一些奇奇怪怪的事吗？估计按照我的AGI来看，应该能在一群鱼中至少抓到一条吧？我还挺擅长游泳的。"

"那你加油哦！"

"嗯！我一定努力多多抓鱼！"

说罢，莎莉便潜入湖中。之后，她在地下湖里游了一个小时才返回岸上。虽然略有些喘，但她的体力的确很强，实在不像之前已经猛跑过的样子。

"获得了'游泳Ⅰ'和'潜水Ⅰ'的技能之后就简单多啦！"说罢，莎莉从收藏中拿出了八十枚雪白的鱼鳞。

"这、这些真的都给我了吗？"

"反正我也不需要嘛，下次就请梅普露帮我忙作为交换好啦。"

"好！那就这样！有什么需要随时告诉我哦！我会帮忙的！"

梅普露感激不已地将八十枚鱼鳞收好。紧接着，莎莉一脸认真地开口道:"梅普露……现在已经发现的地下城,确实只有两座对吗?"

"呃……嗯!的确。"

"我刚刚在地下湖底看到一个小小的横洞。"

"……难道说?"

莎莉难掩兴奋地点了点头:"那儿说不定就是地下城的入口!不过……"

"嗯……我去不了……"

梅普露的属性决定了她很难潜水,如果溺水就算首次战死了。

"所以,我们得谨慎地攻略它,说不定能和梅普露一样入手些特殊的装备,所以……"

梅普露立即理解了莎莉的意思,她急忙抢着说:"嗯!我会帮着你平安来到地下湖的!当场还你的人情喽!

"就知道你会这样讲!真不愧是梅普露!"

"嘿嘿嘿,我哪有……"

要回城镇其实只需退出登录即可。莎莉为了进一步提高"游泳Ⅰ"和"潜水Ⅰ"的技能,再次跃入水中。

第八章 防御特化与攻略地下湖

无名大盾手:"大家已经到第二层了吗?我已经顺利进去了。"

无名长枪手:"嗯嗯,刚刚才打赢一场进了第二层。"

无名大剑手:"我也顺利打赢了。"

无名魔法师:"我也是,打赢了!真棒!"

无名弓箭手:"连我也打进第二层了欸。"

无名长枪手:"欸?我们几个还挺强的呢!"

无名大剑手:"还以为梅普露会马上去第二层,为了要追上她我就疯狂练级……结果我自己反而成第一批了。"

无名弓箭手:"我本来也是这么想的。"

无名大盾手:"可是我们的主角梅普露,她好像还没去第二层呢。说起来,她现在组队了欸,是我的好友状态提示的。"

第八章 防御特化与攻略地下湖

无名弓箭手:"我好像看见了。"

无名魔法师:"快展开说说!"

无名弓箭手:"我不知道叫啥,装备都是初始设定。看上去她俩关系很好,我猜应该是三次元好友吧。"

无名大剑手:"用的什么武器啊?"

无名弓箭手:"好像是短剑。"

无名魔法师:"出乎意料哇,还以为是魔法师或者弓箭手啥的。"

无名长枪手:"我也以为……"

无名大盾手:"两人组队,这个搭配好像不太行欸。不过……既然是梅普露的好友,就不晓得是一般的新手,还是梅普露那一挂的新手了。"

无名魔法师:"还真是有可能。"

无名弓箭手:"梅普露'全点同一属性超强!',她朋友'真的吗?那我也要这么点!'一类的?"

无名大剑手:"一个团里两个梅普露系的选手,这可如何是好哦!"

无名长枪手:"喂喂,大家冷静点,她用的是短剑啊。"

无名魔法师:"哦,对哦。总下意识地觉得她朋友也会用大盾。"

无名大盾手:"用的是短剑,那就是全点 AGI 喽?"

无名弓箭手:"但是那样好像不怎么强欸。"

无名大剑手:"那样的话,防御力是零蛋欸,挨一下就死。而且火力是零。"

无名长枪手:"反正肯定也会按自己的做法打出名堂来的吧。下一次官方活动是什么时候啊?"

无名大盾手:"从现在开始再数一个月,游戏里的时间会加速,然后游戏和显示的时间会有差别。活动时长是两小时,但因为会加速,所以没法再中途参加或者退场了。据说运营方鉴于上一次活动的盛况,所以把活动的时间跨度缩短了。"

无名魔法师:"这做得还挺得人心的。"

无名长枪手:"还有一个月的话估计有的练呢。玩家的风格也能显露出来了吧,到时候就方便判断了。"

无名大剑手:"啊!等不及下个活动了啊!好想知道她的实力啊!"

这些话,梅普露本人根本一无所知。她和莎莉今天也在地下湖泡了一整天。她钓鱼,莎莉游泳。不过,梅普露偶尔还会跑出去采取谜之行为——躺在地上,用"挑衅"

第八章　防御特化与攻略地下湖

水面围巾：【AGI+10】【MP+10】【不可破坏】

技能：海市蜃楼。

大海外套：【AGI+30】【MP+15】【不可破坏】

技能：大海。

大海衣裤：【AGI+20】【MP+10】【不可破坏】

深海匕首：【STR+20】【DEX+10】【不可破坏】

水底匕首：【INT+20】【DEX+10】【不可破坏】

"这些装备……是不是被我获取技能的思路影响了？嘿嘿嘿，都是我喜欢的装备。虽然比梅普露获得的装备多，不过没有'破坏成长'和'技能格'呢。"

莎莉调整装备栏，将所有装备配好，高兴得直转圈。其中腰带这一装备可以附在短裤上，所以不会额外占用新的装饰品格子。

身穿与梅普露不同，但大大增加了属性的特殊装备，莎莉离开了洞穴。

技能确认就明天和梅普露一起来吧！今天实在是太累了。

翌日。

"哇！你变帅了欸！"

"是吧!我这套装备里没有鞋,所以我就买了双黑色长靴。这么一来整体感就很完美了!"

接下来,两个人便一起逐个确认起了技能。

首先是装备上的技能,接下来是莎莉最新获得的两项技能。不过其中一项梅普露也是知道的。

海市蜃楼:启动时,对手眼中所见的位置和玩家原本的位置会出现偏差。对象范围涉及使用者之外的所有人。一日可使用十回。生效时长为五秒。此外,当海市蜃楼制造出的偏差影像遭受攻击,便会失效。

大海:以使用者为中心制造出一摊圆形的浅水,一旦怪物或其他玩家触碰,AGI 便下降 20%。该技能无法在空中使用。浅水范围固定在半径十米。只有使用者不会受其影响。一日可使用三回。生效时长为十秒。

博而不精:所受伤害降低 30%,MP 消耗降低 10%。【AGI+10】【DEX+10】

获取条件:获取十项武器,攻击相关技能;获取十项魔法,MP 相关技能;获取其他十项技能。其中最低等级的技能需达到十项以上。满足此条件,并且击败怪物。

最后一个就是"巨物克星"了。

"哦!原来如此。要是在那条巨鱼之前拿了'博而不

第八章　防御特化与攻略地下湖

"这样真的好快呀!"

"抓紧我哦!"

二人的目标向着北方。

照这个速度,路上应该花不了多长时间。

第八章　防御特化与攻略地下湖

精'可就不得了了……"接着，莎莉又低声念叨了一句，"我不需要这个巨物克星欸。"

"欸？为啥？"

"这个技能对梅普露来说倒是有用啦，但是我本来就不会全点属性，所以如果对象不同，很容易出现 AGI 忽高忽低的情况，这样感觉会变紊乱的。"

要是属性不受个人意志控制地猛然上升，回避的感觉就会受影响，按莎莉这样的玩法来看，还是蛮头疼的。

"哦，原来是这样……"

"那我就'废弃'它吧。"

"'废弃'是什么？"

"欸？"

"欸？"

两个人你看看我，我看看你。

"废弃技能啊……竟然还能这样？"

"你竟然不知道这个？我才比较惊讶欸。不过，要是想把废弃的技能再找回来，得去专门机构花五十万 G 才行呢。所以不到万不得已是不用这样做的啦。"说罢，莎莉果断放弃了"巨物克星"。

原本十二级的莎莉，如今已经十五级了。属性点也已经攒到40，但莎莉还没打算用。

"好嘞，那就这样吧！然后……对了！梅普露的装备怎么样了呀？"

"嗯！目前已经可以先做一副盾了，这个最重要嘛。短刀和铠甲就之后再说吧。"

梅普露告诉莎莉，自己已经去伊兹店里委托她做了大盾。

"是吗？活动也很快就要开始了……我还得再攒攒技能。"

"那我们就升二层吧，啊，那要怎么参与活动呢？估计那边也有些特殊装备的吧，分头去吗？"

升上二层的条件是"攻破地下城"。她们也知道，如果单人攻破地下城，应该会入手特殊装备。

"嗯……我其实无所谓啦……反正我很喜欢现在的装备。"

"既然莎莉无所谓，那我其实也无所谓的。那我们就一起去找地下城吧！"

"好哇！现在就去！"

两人向着连接二层的地下城奔去。移动方式就和去地下湖时一样。

第八章 防御特化与攻略地下湖

引诱怪物们来攻击自己。

减轻伤害类的技能她准备在大盾做好后再练，所以眼下她要寻找新技能。虽说进展不一定顺利，但尝试这件事本身就让梅普露十分开心。

顺带一提，到今天，这个游戏莎莉已经玩了两个星期了。两个人都没有特意互相配合，一起上线。

莎莉也另花了些时间，扩展了"游泳Ⅰ"和"潜水Ⅰ"之外的一些比较好掌握的简单技能。两个人都在为下一次活动做着扎实的准备。同时，也为进一步探索湖底的地下城入口而整日在地下湖逗留。

"噗哈！哈……哈……我潜了多长时间？"莎莉浮出水面后问梅普露。

"好，好厉害！潜了四十分钟欸！"

"我现在已经是'游泳Ⅹ'和'潜水Ⅹ'了，就是说，刚才是我的极限。如果单程二十分钟，那还没有进到里面我就会溺死……"

"一到二十分钟，我就用好友发送信息的功能给你传消息如何？你脑中会有通知的声音响起来。"

"这个想法真棒！那……就麻烦你啦。"

"交给我吧！你尽情去潜水就好！"

"那我出发啦！"

莎莉以迅雷不及掩耳之势潜入水中。

在通透的湖水中，莎莉穿过姿态优雅的白色鱼群，向着更深的地方不断下潜。湖底的水草摇摇晃晃的，还有许多坚硬凹凸的岩石。莎莉凑近过去，进入那个横洞。水草静谧地闪着蓝色的光，照亮了洞穴内部。

正如莎莉所料，那个洞穴很深很深，延绵不绝。莎莉宛如人鱼般飞速向前游。

然而，莎莉的眼前竟出现了岔路，她不由得停下了动作。她本以为这儿一定只有一条路直通地下城呢。莎莉知道这样很难，但也只能在脑中硬记下向左向右的选择。又向前摸索一阵后，梅普露发消息来了。二十分钟到了。

进入洞穴的道路上没有出现怪物，也没有特殊情况，莎莉平安无事地回到了岸上。

"哈……哈……"莎莉一边调整呼吸，一边在岸上坐下。

"怎么样呀？"

"里面岔路好多……今天再探索一次就算了。也不知道那洞究竟多深。"

"那我这次也会给你发消息提醒你的。"

第八章　防御特化与攻略地下湖

莎莉再次潜入湖底。上一次已经对这个迷宫摸索出了一些经验,所以这次莎莉就以最快的速度抵达了上次返回的点。再来一次,一点一点勾出正确方向,不断向着更深处探索。

梅普露的通知再次响起,正在这时——

在路前方,莎莉找到了一扇白色的大门。

"好!"她小小地比了一个胜利的手势,折返了回去。为了获得特殊装备,她必须做好万全的准备才能来战。

"我找到大BOSS的老窝啦!哈……哈……"

莎莉一浮出水面就这样喊着,和梅普露击掌。接下来就是考虑该如何顺利获胜了。

"我再稍微歇一下就去挑战大BOSS了!毕竟都已经找到了嘛!梅普露呢?"

"我今天差不多该下线啦。"

"这样啊……对不起,让你陪我练级。"

"别介意啦!加油打赢哦!"

"没问题!"

说罢,梅普露便被光芒包裹着下线了。

四周安静下来,莎莉的注意力变得更加集中。

"属性要怎么点才好呢?"

怕痛的我，把防御力点满就对了

莎莉

Lv12 HP32/32 MP25/25<+10>

【STR 10<+11>】【VIT 0】

【AGI 55 <+5>】【DEX 25】

【INT 10】

装备

头部：无

身体：无

右手：新手短剑

左手：无

腿部：无

鞋靴：新手魔法靴

装饰品：无

技能：斜斩、二连斩、疾风斩、降落攻击、强力攻击、换位攻击、火球、水球、风刃、沙刃、暗球、恢复、异常状态攻击Ⅱ、肌力强化：小、连击强化：小、体术Ⅰ、MP强化：小、MP减除：小、MP恢复速度强化：小、耐毒性：小、采收速度强化：小、短剑心得Ⅱ、魔法心得Ⅱ、火魔法Ⅰ、水魔法Ⅰ、风魔法Ⅰ、土魔法Ⅰ、暗魔法Ⅰ、光魔法Ⅰ、阻断气息Ⅱ、

第八章 防御特化与攻略地下湖

察觉气息Ⅱ、蹑手蹑脚Ⅰ、跳跃Ⅰ、垂钓、游泳Ⅹ、潜水Ⅹ、料理Ⅰ

"属性点有 35 点,先攒着不用好了……靠回避取胜吧。"

这些数量远超梅普露的技能,都是莎莉牺牲睡眠时间一点点学到的。

MP 方面,可以减除 7% 的消耗。恢复速度增加 5%,MP 整体增加 10。STR 方面,增加了 5%。连击时最高提上 STR10% 的威力。

"好嘞!出发!"

莎莉规划好对战策略,便再次回到了那扇白色的大门前。

大门被缓缓推开,眼前是一个巨大的球形房间,其中一半是水。

房间里竟然有氧气,这对莎莉来说是个惊喜。这样她就不需要逼迫自己短时间内打倒大 BOSS 了。

"噗哈!……来吧!放马过来!"

莎莉的眼神充满坚毅和果决。只见一束光仿佛回应她的呼唤般聚集过来,形成一尾巨大的白鱼。

白鱼用它那巨大的身体猛烈地攻击过来。莎莉完全看透了敌人的动作,她转过身体与怪物擦肩而过,用她那闪着红光的短剑劈到巨鱼的鳞和肉上。

"'斜斩'!"

刀刃在红光下染着带剧毒的紫色,这意味它启动了"异常状态攻击Ⅱ"技能。

剧毒已经注入了巨鱼的身体。虽然伤害不大,但是能够稳扎稳打地让巨鱼持续掉血。

巨鱼掉转过来,再次向她冲来。莎莉再次躲开,又向它削了下去。

"'风刃'!"

红色的伤害特效在水中闪耀。莎莉现有的最大威力的魔法,也只能在鱼鳞上留下一个浅浅的伤痕。

巨鱼反复攻击,但伤害不到莎莉,而巨鱼自己的血条却只剩八成。接着,莎莉聚精会神地观察起巨鱼的行动。

在一般玩家的眼里,巨鱼这一次的攻击看上去和之前并无区别。但是莎莉却不这么想。虽然差别很小,但和刚才相比,它的动作的确慢下来了。

巨鱼冲到一半,突然停止了进攻,改用尾鳍向前方扫出一个大范围的攻击。然而,它依然没能伤到莎莉。莎莉

第八章　防御特化与攻略地下湖

已经从敌人头顶的血条变化上，预测到了对方行为模式的变化。

她通过巨鱼的长度正确估算出了攻击范围，在尾鳍离自己一步之遥的地方用技能斩了下去。

"'二连斩'！"

迄今为止仍未受伤且屡屡攻击得手的莎莉，此刻的连击伤害加成已经是最大值了。

红色特效闪了两次，巨鱼的尾鳍遭受了比之前更深的创伤。与此同时，"异常状态攻击Ⅱ"注入了麻痹毒素，敌人的行动变缓了。

"'强力攻击'！"

短剑完全刺进了行动变缓的巨鱼体内。莎莉迅速将其抽回，与敌人拉开距离。巨鱼的血条只剩五成了。

这也正是它改变行为模式的时候。巨鱼的身体两侧浮现出两个白色魔法阵，从中涌起气泡。

"'水球'！"

莎莉的魔法一碰到那些气泡，气泡便伴随着巨大的轰鸣声爆炸了。她很确信，那些气泡绝对不能碰。

莎莉一边躲闪着巨鱼，一边用水魔法弄爆那些气泡，为自己安排退路。

在逃离途中莎莉注意到，巨鱼的行动模式现在变成了循着她走过的路前进的追尾式攻击。

既然如此——

莎莉扭转过身体，用水魔法弄炸气泡，然后转身冲进那一瞬间留出的空间里。

"'强力攻击'！"

红色特效在巨鱼背上留下一条红线。

她的攻击将巨鱼从头砍到尾，此刻巨鱼的血条瞬间掉了两成。莎莉顺势转身，用刀子在它的尾鳍上砍下了数次。

在巨鱼追着她转身的那一瞬，那些赶不上它动作速度的气泡层变薄了。

莎莉没有错过这个机会。

"'风刃'！"

"风刃"穿过气泡，在巨鱼的额头上留下一个深深的伤痕。巨鱼的血条终于跌到两成以下，显示成了红色。

与此同时，巨鱼身体左右的魔法阵也消失了，整个房间瞬间注满了水。上下左右四面墙上突然出现了会冒出爆炸气泡的魔法阵。巨鱼突然张开它的大嘴，那嘴巴之中还有一个比气泡魔法阵更加耀眼的魔法阵。

莎莉在游戏之中培养起来的直觉使她的身体下意识地

第九章 防御特化与第二层攻略

"到了!"

"好!那我们快进去吧!"

展现在二人眼前的,是石头垒的遗迹入口。如果信息无误,这里就是连接二层的地下城入口。

梅普露打头,她单是手执"暗夜抄",防御方面就已万无一失了。

就这样走着走着,两个人便遇到了怪物。

前方出现一头体形略大的野猪,长长的獠牙从嘴巴里伸出来,看起来攻击力很高。

"'风刃'!"

莎莉提前下手,使用魔法攻击。然而这一击野猪的血条只掉了两成。

"唔……威力减弱不少啊。看来我得把异常状态攻击技

第九章 防御特化与第二层攻略

能提升上去才行。"

正说到这儿，野猪重整旗鼓，再度冲了过来。野猪气势汹汹地准备将梅普露冲翻，结果被她的大盾瞬间吸走。

"嗯……之后遇到野猪，能不能都交给你哦？"

"OK！"

因为路比较窄，所以野猪们的进攻基本等于自杀。它们不知道梅普露的大盾是何方神圣，于是排着队冲过来送死。

两个人一左一右地前进着，一点点向深处推进。

"哦！来了新怪物！"

梅普露见到了从未见过的怪物——从拐角冒出的一只熊。

梅普露以为这只熊也会像野猪一样飞扑过来，于是立即举起大盾。然而熊并没有那么做。它挥起它那粗壮的手腕，发出爪子形状的白色特效。

虽然这波攻击被梅普露的大盾吸收了，但她也十足被震惊了。

"吓、吓我一跳！"

"没想到它是远程攻击，而且还隔开一段距离挡住了路。"

熊和野猪不同,它的行为模式要更加复杂。或许是比野猪段位更高的怪物吧。

莎莉伸手捂着嘴思索,随后说:"我试试,你来把大盾垂直摆好就可以。"说罢,她又低低咕哝了句什么。随后,梅普露看到自己的大盾掉到了地面上。

而且,熊看到的景象似乎也和梅普露相同,它以为抓到了对方的漏洞,瞬间突击过来。要是梅普露没有手里抓着大盾的感觉,说不定已经伸手到地面上捞了。

熊抵达了大盾原本摆放的位置,倏地消失了。随后,原本什么都没有的空间之中,大盾歪歪扭扭地再次显形。掉落地面的那副大盾也随之消失。

"看来,'海市蜃楼'的试验成功了。"

"原来是'海市蜃楼'!我以为是盾掉到地上了,吓了一跳!"

"这次是用作试验,尝试一下。而且这个技能有次数限制,所以还是留下来打大 BOSS 用吧。剩下的战斗还是都交给你啦!"

"嗯,没问题!"

梅普露和莎莉再度向通道深处进发。地下城倒是没有多深,和怪物战斗了十回左右,她们就到达了大 BOSS 的

第九章 防御特化与第二层攻略

老巢。

两个人推开巨大的门,走了进去。里面的空间天花板很高,也蛮深的。最深处耸立着一棵大树。

两人走进门不久,大门就在背后合上了。

紧接着——

大树发出"咔吧咔吧"的声音,开始变形,随后它变成了一头巨大的鹿。树木变出来的鹿角还是青色的,生着茂密的枝叶,上面还结着红色的苹果。

树干变出来的身体抖了抖,踩住地面,瞪视她们二人。

"来了!"

"OK!"

鹿的脚边开始闪耀着绿色光芒的魔法阵,那正是战斗开始的标志。

鹿踏着地面发出叫声,魔法阵便发出光芒,巨大的藤蔓钻破地面蔓延出来,开始攻击梅普露她们。

"好嘞!看招!"

"哈哈哈!太慢了!"

梅普露用大盾正面直接吸收了藤蔓的攻击,莎莉则用她引以为豪的躲避能力,轻松躲过了哗啦啦袭来的藤蔓。主要的火力来自梅普露的"新月",梅普露用毒素形成毒龙,攻击出去。毒龙吸食藤蔓,将其溶化,冲向那头鹿。然而,毒龙却被鹿前的绿色屏障所阻拦,瞬间消失了。

"欸?"

"问题应该出在那个魔法阵上!我们的攻击对它无效。这里面一定有名堂!"

鹿再次伸出藤蔓攻击过来,藤蔓本身倒是不构成什么问题,这一点算是救了她们。

暂时僵持了一会儿后,莎莉意识到一直这样下去不是办法,于是她提议:"我想认真观察一下它,能不能帮我挡挡它的攻击?"

"明白了!'挑衅'!"

喷涌而来的藤蔓前端明显向梅普露这边偏过来,莎莉趁机做起了试验。

莎莉不断地用魔法攻击它,让它反复出现屏障。不一会儿,莎莉发现一件事。

"鹿角的位置能攻击到!还有,屏障好像是通过苹果来维持的!"

莎莉用手指了指藏在树叶之中的红苹果。每当屏障发动时,苹果就会变得更红、更亮。小小的魔法阵还围着它转圈。

"那,这就交给我吧!我会一起击碎的!"

第九章 防御特化与第二层攻略

"嗯,拜托!"

梅普露刺出"新月"。因为莎莉说要攻击角的部分比较有效,梅普露便瞄准了鹿角攻击。毒龙再度出现,这一次它没有被屏障挡住,而是吞没了所有树叶,将苹果全都吹飞了。

"'风刃'!"

莎莉紧接着发出攻击。这次她也没被屏障挡住,魔法直接击中了鹿。看来,莎莉的猜测完全正确,苹果正和它的防御力相关。鹿的身体散发出红色的伤害特效。

"好!这招行得通!"

"放大招喽!"

嵌在大盾表面的结晶发出"啪啦啪啦"的碎裂声,"新月"之中展开巨大的紫色魔法阵。随后,光芒增强,化作三颗头颅的巨龙,攻击那头鹿。鹿的身体开始溶化,不断闪着伤害特效的红光。这无疑是致命一击。

然而,鹿的脚底突然又闪起绿色的魔法阵,它的伤口顿时痊愈。血条恢复了两成,连中毒的异常状态也除掉了。随后,这魔法阵仿佛完成了使命,变淡消失了。

"刚才那招还能再来吗?"

"倒是可以,但是得花点时间!"

两人谈话的时候，那头鹿可是不会等的。它改变了行动模式，用风刃和更粗的藤蔓进行攻击。

而且——

"呃！"

"啊啊啊啊啊！"

地面突然隆起，攻击二人的脚下。莎莉对这种攻击十分敏感，她提前察觉到了，立即躲开，梅普露则被打飞到空中。

虽然是误伤，可是摔到地上时会出现异常状态"眩晕"，梅普露趴在地上无法动弹。本以为这么一来估计小命不保，没想到敌人的风刃攻击过来，她也没掉血。于是她确定自己应该能撑到最后爬起来。不过，梅普露发动技能的速度却因此大幅地延后了。

"没办法……虽然有点麻烦……"

莎莉双手拿起匕首，奔跑过来。和嘴上说的不同，她的表情显得非常高兴。

"让我来杀吧！"

她彻底看穿了敌人的攻击。

在聚精会神的莎莉面前，这种程度的攻击形同虚设。穿过空隙，靠近鹿的脚边时，她使用"跳跃Ⅰ"，飞到了鹿的眼前。

第九章　防御特化与第二层攻略

那是风刃乱飞的战场上唯一平静的安全地带。

"我可知道这里是安全地带哦！'二连斩'！"

她飞身转动身体，两手紧抓匕首发出四连击。

武器有两把时，虽然会比一把的单次攻击威力低些，但却能以数量取胜，一次双击。随即，莎莉向着鹿的背部猛冲。

"'强力攻击'！"

她使用了从前额划到脖子的二连击，接着，她又用火魔法烧着了它的后背。莎莉踏在怪物背上，风刃纷纷向她袭来，但她轻轻松松就躲开了。

"嗯？这里是不是比较安全？"

她在咻咻飞来的风刃之中不停地移动躲避。见缝插针地连续攻击，削减敌人血条。

正在这时——

"嗯嗯……对，对了！我还得战斗……"

梅普露总算爬起来，紧盯着那头鹿。不过，她也只看到了鹿在眼前闪着光爆炸的模样。

"欸欸欸欸？"

"你躺着的时候我已经把它干掉啦！"莎莉回来之后说。

对于梅普露来说，这样攻破地下城实在有点难以接受。

但无论如何，她们都拿到了进入第二层的资格。

第十章 防御特化与系统维护

"啊啊……"

终于进入新的二层城镇,二人开始以此为据点行动,可梅普露却情绪低落。

"嗯……我真没想到活动前两周会有系统维护,而且……"

没错,两个人等到系统维护结束后就立即上线了,然而看到修护内容之后又都傻眼了。准确地说,主要是梅普露傻眼了。

维护内容是修正了一部分技能的效果和获得条件,同时强化了野外怪物AI(人工智能)。因为游戏并不会公布修正的技能名称,只有拥有技能者才能看到修正内容。

此外还有一点也变了,那就是——

添加了穿透防御力攻击技能,还伴随减轻攻击造成的疼痛感。每样武器都有三到五种穿透技能，威力也有一定的保证。

问题就出在这个技能修正上。

"呜呜呜……"

"哎呀……可能是梅普露过于醒目，所以才会这样啦。你也已经把原本的技能强度运用到极致了嘛。"莎莉安慰地拍了拍她的肩。

和梅普露相关的调整主要有两条，不过，按照莎莉的说法，再想远一点……那应该三条都有。

首先是技能修正，"恶食"就被修正了。

修正之后的"恶食"一天被限制在了十次以内，吸收MP为两倍。因为还属于可随时发动的技能，所以当"暗夜抄"受到十次攻击之后，它就变成了一面普通的大盾。再加上吸收MP变成两倍，虽然它某种程度上成了魔力的后备，但总的来说能力还是被削弱了。

接下来是AI强化，这使得怪物们更懂得绕到玩家背后去攻击，而且还会视情况选择逃跑。

莎莉认为，这大概是为了防止再出现梅普露这样的玩家。梅普露不解其意，于是莎莉解释道："因为……只要强化了AI，那成就了梅普露最本质的'绝对防御'的白兔就不可能随便拿来练级了对吧？AI强化之后的白兔不可能坚持冲撞同一玩家一个小时的。官方运营团队也没想到能靠那种方法拿下技能吧？"

这次维护就是为了防止再度出现梅普露这样的特殊分子。不过莎莉也说了，官方不至于出台过于针对性的维护方式，彻底抹杀掉梅普露的全部能力。

"比如……抹掉'绝对防御'什么的，我猜不至于。估计……位列前排的玩家拥有的一些非常强大的技能应该也被弱化了，其中一个就是梅普露的'恶食'了。"

"嗯……唉，也没办法啦，'恶食'太强了。不过……那个修正确实是……"

莎莉明白梅普露要说什么，于是紧接着解释道："是呀，这样一来，梅普露也会受伤了。那个修正应该就是针对梅普露的吧，还绕了大圈子，这种情况常有的啦。"

"呜呜呜呜呜……"

梅普露的耐力明显超越常规，所以官方才不得不出此下策，进行了此次修正。

"不过嘛，穿透攻击也是常有的技能，只是现在太少了。"

听到莎莉如此说，梅普露双手合十，道歉道："啊！真

第八章 防御特化与攻略地下湖

动了位置，紧接着，刚刚莎莉所在的地方就被一道高速水波笔直击中。

莎莉有些慌了，要想第二次躲开这道攻击，得需要多大的运气？而气泡也紧逼了过来。

不好了，不好了……莎莉失去了冷静。

焦虑会令人停止思考，越是这种时候，就越该冷静下来。

莎莉如此告诉自己，她努力让心慌的自己冷静下来，集中注意力。仿佛时间停止一般——

气泡、水波、巨鱼的行动。在莎莉的感观中，它们都变慢了，更慢了。

越危险就越安全，一切都了如指掌。敌人微妙的行动、视线，这些都帮她预测到了接下来水波攻击的位置。

她可以从现在气泡所在的位置去推测接下来它们会扩散到哪儿，这样她就可以提前摸索逃跑路线，配合过去的游戏经验，抢先闯出一条提高生存概率的道路。

这简直是在预知未来，如同开了外挂一般的攻略能力。

"'风刃'！"

安静释放出来的魔法完美穿过气泡构成的帷幕，击中敌人。

于是——

巨鱼的血条终于空了。

蓄满房间的水全部排空,屋子正中央摆着一个巨大的宝箱。莎莉顾不得高兴,先仰躺到了地上。

"啊……认真集中注意力还真累人啊……"

此时,等级提升和取得技能的通知音响起。不过莎莉准备之后再说,她仍旧躺在地上休息。

其实她也想尽量避免进入那种状态,可即便是莎莉这样的高端玩家,面对那片气泡大幕和高速水波时仍旧感到有些应接不暇。

暂躺了一会儿后,莎莉恢复精神,她爬起身向宝箱走去。

"来,开箱!"

她双手捧住箱盖猛地掀开。里面摆着一条以蔚蓝如海的蓝色为主色,两端雪白如水沫的围巾。还有一件及腰长度的水蓝色外套,和与其配套的一身衣裤。

此外,还有两把色如光线所不能及的深海般幽暗的匕首和收纳匕首的刀鞘,还有一条水蓝色腰带。

莎莉开始确认装备的能力。

第十章 防御特化与系统维护

的对不起！我现在不是无敌了……这样一来我们俩就组不成无敌搭档了。难得你选了回避盾……"

两个人组队，最理想的状态当然是两人都无伤。但这样一来，这个愿望就没法实现了。

"这也是没办法的事啦！而且，虽说会受伤，但也只是变成了没有绝对无伤……现在成了'不断打出伤害特效，但却总是不死！'的感觉，这不更强调你的无敌了吗？到时候再露出一个独孤求败的微笑，肯定很帅欸！"

梅普露想象着：对方将伤害她视作唯一希望，拼命地攻击她。而她则嘻嘻地笑着承受下来，直到对方累倒在地。

"哦！的确，听上去蛮不错的欸……"

"你笑得超腹黑哦！"

"哇哇！刚，刚才不算数！不算数！"

梅普露说着用力摇手，莎莉则微微一笑，继续道："嗯……可是这么一来，也得想办法增加 HP 了吧。要是被穿透攻击了的话就惨了……你不是怕疼吗？"

"嗯……倒也不是完全接受不了，比起现实世界要微弱得多了，而且这个痛还会减轻。"

"靠玩家技能去多多磨炼，尽力防御……加上补血系的技能和装备，还有 MP 和 HP 两边吧？"

"只要有这些,最终仍旧是无敌。"莎莉这样说。

"我帮你一起收集装备!接下来就是寻找一些有用的技能。"

"真、真的可以吗?"

"毕竟是我邀请你一起玩这个游戏的呀,我当然想和梅普露开开心心地玩耍了。说起来,我们现在就出发吧。"

"谢谢!"

"反正我也有需要你帮忙的时候呀。"

"嗯!到时候我也会加油的!"梅普露一脸笑容地回答。

"那么,就先去练练可以增加血条的技能吧!这个目前最重要。这类的技能我也知道几个,可以先从这几个来。活动也快开始了,咱们赶快行动吧!"

"好!"

两个人向着旷野飞奔出去。

为了学到新技能,补全梅普露的弱点,在第二次活动中取得好成绩。

眼下要尽力去争取。

为了强化技能而奔向旷野的第二日。

第十章 防御特化与系统维护

梅普露在二层的城镇中，思考着恶食"新"的使用方法。"恶食"技能已经不能像之前那样随便使用了，所以得多多思考使用场景，尽量节约地用。

"嗯……所以说，要将防御力提得更高一些，让自己更不容易受伤……"

梅普露如今能做的就是一味提高 VIT 值，目标是即使不用大盾，也能不受伤。

"等级也得再提高一点。"

站起身准备奔向野外时，她收到了一条消息。

"嗯？啊！是伊兹！"

梅普露阅读了这条消息，上面写着她委托制作的大盾已经完成了。

"对啦！这样正好方便分开使用了！"

对于正在思考该如何节约使用恶食的梅普露来说，这个消息来得太是时候了。

"我得马上去看看！"梅普露急匆匆地向伊兹的店里赶去。

梅普露到了店外，推开门走了进去，她立马和站在柜台后的伊兹对上了眼。

"啊呀，梅普露！你来得真快呢。"

"是!您做完大盾了是吗?"

"当然!来,就是它。"

梅普露接过这副名为"白雪"的大盾。

盾面的装饰十分华丽,整体如新雪般洁白,处处镶嵌着蓝色的宝石,称得上是一副完全不比"暗夜抄"逊色的大盾。

"太感谢啦!"

梅普露一脸喜悦地望着这副大盾。看梅普露如此开心,伊兹也露出了微笑。

"真不错,很适合你!我把耐久度也稍微提高了一些……记得时不时来修护一下哦!要是用坏了可就麻烦啦。"

"好的!"梅普露元气百倍地回答。

"还有……对了对了,你尝试用这副大盾去战斗一下吧。尺寸方面我尽量配合你来调节了,要是用着不顺手,我再帮你调整。"

"明白!谢谢伊兹啦!"

之后,梅普露又和伊兹稍微聊了几句,就将"白雪"收进道具栏中,离开了商店。

走出店外,梅普露直奔荒野而去。她想按照伊兹的要

第十章 防御特化与系统维护

求用一下这副盾,越快越好。

"呃,那……就把莎莉要求的训练也一起做了吧!"

她想起了可以同时做的事,于是干劲十足地跑向野外。

如此努力着,梅普露和莎莉已经收集了一个星期的技能了,也就是说,到活动开始还剩一星期。这时,梅普露又独自上线,寻找起了技能。

"听莎莉一说我才注意到……团队中大盾手该有的技能,我完全没有欸……"

莎莉说过,大盾有丰富的增加防御力的固有技能,所以两人时间对不上时,梅普露基本都是在学习这些技能。

顺带一提,以HP强化和MP强化为核心的技能,她已经和莎莉一起掌握了一部分。

梅普露一边确认自己现在的属性,一边寻找着自己比较需要的技能。

梅普露

Lv24 HP40/40<+60> MP12/12<+10>

【STR 0】【VIT 170<+66>】

【AGI 0】【DEX 0】

【INT 0】

第十章 防御特化与系统维护

装备

头部：无

身体：黑蔷薇铠甲

右手：新月／毒龙

左手：暗夜抄／恶食

腿部：黑蔷薇铠甲

鞋靴：黑蔷薇铠甲

装饰品：森林女王蜂之戒

Toughness ring

技能：大盾攻击、攻防步法、躲避攻击、冥想、挑衅、大盾心得Ⅳ、绝对防御、穷凶极恶、巨物克星、毒龙吞噬者、炸弹吞噬者

技能方面，梅普露取得了"HP强化：小"和"MP强化：小"，HP增加了30，MP增加了10。再加上莎莉送给她的Toughness ring（韧性环），HP又增加30。

虽然看上去不多，但靠这些梅普露的HP就已经翻倍了。

莎莉说要赶快在活动开始前学到"穿透防御力"的技能。因为想要检测一下这项技能会给梅普露造成多少伤害，

总不能在活动中才第一次用吧。

"她都帮了我这么多了,我也得学些能帮到她的技能才行。"于是,梅普露盯上了一个技能,"'移动掩护Ⅰ'和'掩护'……这是大盾的基本技能啊……我都没学欸。"

这是大盾的专属技能,是用来保护队友的。只要是组队玩的大盾手,大家基本都掌握了这个技能。如今梅普露也组队了,这样她对一些之前觉得没什么必要的技能也产生了兴趣。

移动掩护Ⅰ:无视 AGI 值,立即移动到半径五米之内的队友身边。使用后三十秒内受伤害加倍。可使用十次。使用次数每过一小时恢复一次。

获取方法:在技能商店购买。

掩护:可保护身边队友,代替其承受攻击。发动时 VIT 值增加 10%。

获取方法:在技能商店购买。

所谓技能商店,就是贩卖一些比较基础的装备和技能的 NPC(非玩家角色)商店。除了"移动掩护Ⅰ"和"掩护",技能商店还贩卖"斜斩"和"二连斩"。

梅普露卖掉了在地下湖获取的白色鳞片,赚了一大笔 G,买两个技能倒是绰绰有余。

第十章　防御特化与系统维护

"那我这就去买！"

梅普露向技能商店走去。

之后有可能在千钧一发之际帮到莎莉呢，所以还是有必要入手这些技能的。

梅普露买到技能，单手提着袋子走出了商店，袋子里是两束记载技能的卷轴。

她坐到长椅上，"哗啦哗啦"地从口袋里掏出技能卷轴并展开。卷轴上的字发着光，随着光亮消退，卷轴也分崩离析，闪烁着消失了。

"您已取得技能'移动掩护Ⅰ'。"

"哇哦！真漂亮！"

她乘势又把"掩护"的卷轴也取了出来，"掩护"卷轴同样发出光芒，又随着光破碎消失了。

"啊……这就结束了呀？我还有什么必要技能没到手呢？"

关于入手一些眼下必需的技能，她已经做过事先调查了，应该已经没有遗漏了。

"唉，算啦……说不定什么时候会新增呢……眼下还是按莎莉说的，磨炼磨炼玩家技能吧。"

说到这儿，梅普露昂首挺胸地向第二层的旷野走去。

"唔，好慢……这也太慢了，我走路这么慢的吗？"

梅普露按照莎莉的提醒，走得远了些，到了沙漠地带。她稍微走了一阵子就停下了，这儿正是莎莉所说的，沙漠的最佳位置。

"嗯……并没看到什么敌人呢……哇！"

背后突然被猛烈地冲击，梅普露往前扑倒。伤害当然是零了，全无死亡的顾虑。

"什，什么东西？啊，是那个吗？"

梅普露看到了那个撞到她后背的东西，看样子像是个潮虫的怪物，正骨碌骨碌滚走。

那东西滚了一阵子，卷成球的身体便摊开成原状，沙沙沙地钻进沙子里去了。

"原来如此，要用它来练习防御吗！"

梅普露换上了纯白色的大盾，那是伊兹为她制作的大盾——白雪。

白雪：VIT+40

和"暗夜抄"相比，"白雪"十分单纯，本身没有技能名称，但 VIT 加值这方面是要比"暗夜抄"强些的。从这一点也能看出，伊兹的手艺真的不错。能够支持第一线级别玩家的，正是她这样顶尖的生产职人。

第十章 防御特化与系统维护

为收集技能东奔西走的一周转瞬过去,眼看着第二次活动的日子就要来了。梅普露和莎莉二人在第二层的城镇等待着活动开始。

"唔,第一次参加活动,有点紧张啊。"莎莉低声说着,伸了伸懒腰。

"人数和上次差不多呢,看来大家都会来参加活动欤。"

"是啊,毕竟能收获不少好东西……哦,快开始了!"

二层的广场已经聚集了不少人,气氛热烈了起来。这时,广播终于响起,设置在广场的喇叭发出沙沙声,随后是通知的人声:

"第二次活动,现在正式开始!"

随着一阵欢呼声,第二次活动自此拉开了帷幕。

第十章 防御特化与系统维护

"好嘞,我要加油了!"说罢,梅普露举起大盾,但后脑勺却立即被潮虫撞了一击。

"呜啊!等,等等!"

怪物可不会等她,于是它又冲着大嚷大叫的梅普露撞去。

"唔!我,我生气了!"

梅普露再次举起大盾,竖起耳朵聆听。

据莎莉讲,靠敌人移动时发出的声音去探知敌人的方位,这一点非常重要。梅普露将莎莉这句话放在心里,努力地搜索敌人的位置。

"嗯!是这儿!"

梅普露向右举起大盾,与此同时,潮虫飞了出来,一头撞到大盾上,被弹开了。

"好嘞!啊呀!"

原本挡住潮虫一击,正对自己的反应感到满意的梅普露,背后又突然被其他潮虫撞到了。

"这,这样啊!原来不止一只潮虫啊!好难……"

接下来的两个小时,梅普露一直在和潮虫奋战,最终能够挡住的攻击大概只有四成。按照莎莉的说法,如果能将潮虫的攻击全部抵挡住,那么大部分情况下的穿透攻击

怕痛的我，把防御力点满就对了

就都能躲开了。

"才四成啊……我很努力了欸。莎莉怎么那么会躲呢……"

梅普露想起自己的朋友那高超的闪避能力，就仿佛敌人的攻击主动躲开了她一样……她一边想着，一边下线了。

时间稍微回溯一会儿，到莎莉独自上线的时刻。

她正在思考如何分配点数。

"好嘞，反正方向也定好了，那就开始点吧。嗯……攻击手段最好多些……STR点15，AGI点20，剩下的全都加进INT里吧。这样50点就都加完了！"

　　莎莉

　　Lv18 HP32/32 MP25/25<+35>

　　【STR 25<+20>】【VIT 0】

　　【AGI 75 <+68>】【DEX 25<+20>】

　　【INT 10】

　　装备

　　头部：水面围巾 / 海市蜃楼

　　身体：大海外套 / 大海

第十章　防御特化与系统维护

右手：深海匕首

左手：水底匕首

腿部：大海衣裤

鞋靴：黑色长靴

装饰品：无

技能：斜斩、二连斩、疾风斩、防御破坏、降落攻击、强力攻击、换位攻击、火球、水球、风刃、沙刃、暗球、水墙、风墙、恢复、治疗、异常状态攻击Ⅲ、肌力强化：小、连击强化：小、体术Ⅰ、MP强化：小、MP减除：小、MP恢复速度强化：小、耐毒性：小、采收速度强化：小、短剑心得Ⅱ、魔法心得Ⅱ、火魔法Ⅰ、水魔法Ⅱ、风魔法Ⅱ、土魔法Ⅰ、暗魔法Ⅰ、光魔法Ⅱ、阻断气息Ⅱ、察觉气息Ⅱ、蹑手蹑脚Ⅰ、跳跃Ⅰ、垂钓、游泳Ⅹ、潜水Ⅹ、料理Ⅰ、博而不精

"'光魔法'提升到了Ⅱ，这样就能使用'治疗'技能了。'异常状态攻击'上升到了Ⅲ，出现异常状态的概率也更高了……'穿透攻击'也拿到了，攻击和支援两方面现在状态都不错！"说到这儿，莎莉关闭了属性栏，向野外

走去。她的目的地是稍远些的森林深处。

"在梅普露不知道的情况下偷偷弄到一个帅气的技能,把她吓一跳好了!"

莎莉现在要攻略的是时常发生在这款游戏之中的NPC事件。

森林深处有一个小屋,完成那儿的任务,可以得到技能"超加速"。

"条件是突破AGI 70,点数勉强足够,太好了!"

莎莉也按照自己的方式进行强化活动,认真准备着和梅普露的第一次组团活动。

"好!到啦!"

莎莉顺利到达森林深处的小屋。这小屋看上去没有什么特殊的,就是一个普通的圆木屋。屋旁是一条清澈的小河,水车在缓缓地转动着。屋前还有一小片田地,地上还扔着一些完整的木柴,似乎是劈过柴之后留在原地的。鸟儿欢快地鸣叫着,声音十分悦耳。

莎莉靠近小屋,轻声叩了叩屋门。片刻,门从内打开。屋中走出一位拄着拐杖,留着长长的白胡须的老爷爷。

"这种地方竟然会来人啊,真是难得……进来坐,这附近有不少难缠的怪兽呢。"老人如此说着,将莎莉引进家中。她十分乖巧地跟随老人走了进去。

AGI值不足的话,老人就不会在家,这个事件也不会开始。

屋里只摆了几件家具,显得十分空旷。唯一引人注意的,就是屋子的一角的架子上有一把虽旧但又散发着确切存在感的短剑。

莎莉听从老爷爷的话,坐在了桌子附近的椅子上,老人端了一杯茶放在莎莉面前。

"喝点吧,这样你的体力多少能恢复些。"

"呃……谢谢您,那我喝了。"

莎莉喝下这杯茶,果不其然,她的体力恢复了。说得再具体点,就是MP彻底满格了。HP本就没有掉,所以这杯茶是不是对恢复HP也有帮助,莎莉不太清楚。不过按之前搜集的相关信息,应该也能恢复。

"嗯……你稍微在这儿休息一下吧。我去打些'魔力水'。"

"魔力水"是从可以让魔力恢复的泉中打上来的水。关于那眼泉水的位置,可以在第二层城镇之中的NPC处打听到。

泉水的所在地位于距小木屋大约三十分钟路程的地方，还是比较远的。

这时，莎莉以就等着这一刻的口吻说："那就让我来代您去打水吧。"

"嗯？是吗？那就拜托你啦，我最近腿脚也不太行了。"老人说到这儿，递给莎莉一个玻璃瓶子。

蓝色的面板出现在莎莉眼前，上面写着"YES"和"NO"两个选项。莎莉自然按下了"YES"键，接受了委托。

一些从事生产工作的职人进入第二层后会立即去找"魔力水"，但却无论如何都无法将其从泉水中汲出来。虽然可以当场喝下，帮助自己恢复 MP，但却无法带走。

唯一能够汲取的办法，是在这个任务中拿到瓶子。然而，"魔力水"被汲取后只能在道具栏里出现一个小时，随后就会消失。也就是说，这眼泉水也是为了这个任务而专门设计的地点。

"那我就出发啦！"

"真是麻烦你了，拜托了！"

于是，莎莉离开了圆木屋，向泉水奔去。

在这附近活动的怪物主要有三种。

第十章 防御特化与系统维护

周围不断掠过。莎莉用树木作掩护躲闪风魔法，同时洒出"大海"去牵制蜘蛛。右侧飞来的甲虫就用"海市蜃楼"去躲避，以如此手段逃跑，怪物们仍旧逐渐将她围困住。

莎莉开始面露焦灼。

"蜘蛛从前面过来了……左边是树人，向左走！"

她尽力去活用"察觉气息Ⅱ"技能，收集敌人信息，选择最佳逃跑路线。她尽量向着树木茂盛，蜻蜓不太好飞的方向逃跑。眼前是三个树人，她现在根本没空和它们缠斗。

"'海市蜃楼'！"

树人被幻影吸引，十几根锐利的树枝向着莎莉的幻影奔袭而去，与此同时，它们还发出了仿佛已经得手般耀武扬威的恶心的笑声。

"谢了！真是帮了我一个大忙！"莎莉放下心来，小声念叨。

被树人刺穿的并不是莎莉，而是风蜻蜓的一枚翅膀。这出乎意料的一击，风蜻蜓并未完全躲闪开。它的翅膀破了，速度也慢了下来，和莎莉之间的距离也就拉远了。

风蜻蜓"嘎吱嘎吱"地发出可怕的叫声，对着莎莉疯狂发射风魔法，然而它的攻击根本无法触及莎莉。

"呼……呼……到了！哇！这说不定是最累的一次了！"

那小木屋就在莎莉眼前，花费时间五十二分钟，勉强赶上了，莎莉打开了木屋的大门。

"我回来了！"

"哦！我可等了你好久呀。你看上去都还好，这我就放心啦。"

但其实莎莉可是从几十次的穷途末路之中冲回来的，听到老爷爷这话，她的表情不禁变得有些复杂。不过老爷爷仍旧若无其事地继续说道："嗯……我得好好回一份礼给你，你稍等我一下。"说着，老人便从抽屉里拿出一卷卷轴，"这是技能'超加速'，应该对你有用……别客气，拿着吧。"说罢，老人的身影便逐渐消失。

"我已经不需要它了。"一道声音突然从莎莉身后响起，她吓了一跳，急忙转过头。老人在她身后，露出恶作剧成功了的少年一般的笑容："呵呵，你要多多精进哦！"

"好，好的！"莎莉下意识地回答道。随后，她离开了小木屋。

新的能力就这样到手了。

第十章 防御特化与系统维护

一种是巨型蜘蛛。正如其名，这是一种巨大的蜘蛛。身长约一米，会用蜘蛛丝缠缚住对手，很难对付，而且莎莉自己也不是很擅长应付蜘蛛丝的攻击。

第二种怪物是催眠甲虫。它能够施加异常状态，让对方陷入睡眠之中。体形比普通的独角仙略大一些，特别容易被忽略，所以一个不留意就会被攻击到。

第三种是树人。它会伪装成树木，出其不意地攻击对手。不过，它是这片森林中唯一会结红色果实的树，特征很明显。事先知道这个特征，就能大大提高躲避概率。然而，它们的枝叶和根部都能伸出很远去进行攻击，所以很多玩家都被它拦住去路，然后被干掉了。

莎莉向着森林奔去，正如她事先了解到的，这儿一个怪物都没有。她正好花费了三十分钟，走到了泉水边。

"真美……"

通透的泉水闪耀着淡淡的光辉，映出周围的树木和花草，这一梦幻般的景象引得莎莉暂时驻足在泉边眺望。随后，她喝了一些泉水恢复 MP，以此来提高专注力。

"接下来……战斗就开始了。"

莎莉用玻璃瓶接上泉水，放入道具栏中。规定时间是一小时，只有在限定的时间内赶回木屋，任务才算成功。

而且,来时明明一个都没出现的怪物们,此时就像久候多时一般不断地从森林中拥出。

"上吧!"

莎莉转过身,向着森林疾驰而去。此时,大蜘蛛那瘆人的叫声响彻森林。

这个事件到了这儿才算正式开始。莎莉要在一个小时之内走完没有怪兽时花费半小时走完的路,想拿到"超加速",这场试炼必不可少。

蜘蛛丝从树顶及草丛间咻咻咻地喷射出来,一旦被蛛丝粘住就完蛋了。

"我躲!'海市蜃楼'!"

莎莉跑了起来,一大群甲虫扑向她。然而,她的身影却突然扭曲,融入空气之中。

莎莉则在一旁侧目观赏这一切,她已然突破了甲虫群。

"好险好险,嘿嘿!"

一条锐利的树根伸到了莎莉脚边,按她现在的属性配置,受这一击必死无疑。莎莉没有停下脚步,她一边躲避着树根,一边确认着周围的情况。结着红色果实的树木有三棵,绝对没错,是树人。

"'火球'!"

第十章 防御特化与系统维护

熊熊燃烧的火球撞上了动作迟缓的树人,树干猛地被点燃,树人的怒吼声在森林之中回荡。

"这……这可能是我失误了!"

莎莉用"察觉气息Ⅱ"侦测到,树人的声音引来了更多的怪物。

"'海市蜃楼'!"

莎莉让自己的幻影跑向泉水的方向。这一招成功让甲虫上钩了,但是蜘蛛却没上当。它或许拥有能够看破幻影的能力,准确地扑向莎莉。

"露馅了!'斜斩'!"

她躲开蜘蛛喷来的蛛丝,来了个两连击。蜘蛛的确掉血了,但是还剩了七成。莎莉的时间不多了,实在是没有时间去打倒它了。

"可恶!树人也棘手得很啊!"

敌人的数量超乎寻常,而且还都是分头行动,各有各的攻击方式。再加上蜘蛛的 AGI 值非常高,甚至和莎莉不相上下。不过,这其实就是强化 AGI 的任务,会这样倒也正常。

"'大海'!"

莎莉的脚边延展开一摊水,紧追其后的蜘蛛被水绊住,突然减速了。

"'斜斩'!'风刃'!"

莎莉斩断了树人缠上来的枝条和树根,继续前进,她和蜘蛛之间的距离越拉越远,然而莎莉的专注力也在逐渐下降。

如果逃不掉就会被抓,而且这里可是森林中。树木杂乱林立,脚底又是茂密的草丛,说不定哪儿还会有泥泞绊住腿脚。如果真的被绊住,那情况会瞬间恶化。

莎莉的耳畔响起一阵拍动翅膀的声音,她转过头:"又是甲虫吗?开玩笑吧?"

这座森林之中生存着的怪物,"主要"有三类。是的,也就是说,除了这三类,还有另一种怪物,平时很少会遇到。那就是从她背后逼近的巨大蜻蜓。

怪物的名字叫风蜻蜓。这个名字的由来,是它能通过风魔法加速,仿佛周围连棵树都没有一般高速飞行。

"我也太倒霉了!可恶……'风刃'!"

莎莉发出"风刃"来恫吓蜻蜓。

眼下这种情况,她根本无暇与其战斗,只能想尽办法逃脱。但此刻她与风蜻蜓的距离正逐渐缩短。

等级极高的风魔法正伴随着切削风的声音,在莎莉

番外 —— 防御特化与巡游第一层

为攻下水底的地下城,梅普露和莎莉在地下湖锻炼"游泳"技能。但她们也不是只为这一件事才上线的,她们还要为梅普露的装备搜集所需素材,顺便还会观光游览一番。

　她们在地下湖用钓鱼和潜水的方法入手了大量鱼鳞,随后,二人准备去其他地方探索一番,以便取得更多的素材。

　"莎莉,怎么办呢?咱们接下来去哪儿?"

　"嗯……我也才刚开始玩。梅普露比我玩得久,梅普露想去哪儿,我就和你一起去呗。"

　"其实我也没去过多少地方啦,而且感觉去哪儿都挺远的,光是赶路就好像玩了一整天游戏似的。"

　其实野外和城镇都没有那么大,但梅普露走路的速度实在是太慢了，所以才会有这种感受。莎莉理解了，照这样的速度，也难怪她没去过什么地方。

"那就跟我一起逛逛吧，总之呢，先从镇子开始好了。说不定店里就有卖不错的素材呢。"

"嗯，好欸，那就这么定了！"

梅普露也很赞成莎莉的想法，于是两人在熙熙攘攘的第一层城镇中逛了起来。

在梅普露需要装备的素材中，基本素材都在她的道具栏里放着，其中就有来自地下湖的大量鱼鳞。不过装饰需要的蓝色素材还不够，两个人便准备先去找找蓝色的素材。

"梅普露，我们先就近开始找吧。"

"好哇。"

梅普露和莎莉走进了 NPC 经营的饰品店，店里摆着很多新玩家还买不起的昂贵戒指和项链，但似乎不卖单颗的宝石。

"倒是很漂亮，但是和我们的需求不太相符。"

"也是，梅普露，我们去下一家店吧。"

两个人将手上的饰品都放回了原位，离开了商店。

"可能专卖饰品的那种商店都没有我们需要的东西。"走出店后，莎莉这样对梅普露说道。

"嗯……那怎么办呢?"

"试试做任务拿奖励怎么样?或者干脆就去野外找?"

莎莉觉得,像她们之前在地下湖收集素材的路子可能是最快的。

"但是,我也不知道应该去哪儿找。"

梅普露只知道自己去过的地方,或者是准备取得的防御系技能所需的获取条件,以及其所对应的任务地点。对于特定的知识她知道得倒是很深,但是一旦不知道,那就是彻底不知道。

偏科严重的认识之中,自然不包括蓝色素材应该去哪儿找这一点。这一次,反倒是为了收集素材到处奔走的莎莉比较浅显但又广泛地拥有一些野外知识,很适合带路。

"那我们就去看看相关信息吧!"

"OK!"

两个人便从梅普露也会看的公告栏下手,想要从其中的怪物信息、掉落物信息之中寻找能够掉落蓝色素材的怪物。

"染料……好像不太对。这个呢?"莎莉说着,将一段文字指给梅普露看。

梅普露琢磨了一下,斟酌着这是否就是自己想要的

番外　防御特化与巡游第一层

素材。

"嗯，就选这个吧！"

"OK！那我们确认好地点，准备好就可以出发啦。"

按照公告栏的说法，这种怪物不会使用异常状态攻击，而且攻击力也不是很高。因此，二人决定由梅普露来防守，莎莉则一点点去攻击对方。

万一受到伤害，她们还有药水，所以比较安全，不至于两人全被灭。

"走出城镇，到西北的森林那儿去。"

"出发！"

二人就这样走出了城镇。

出了城镇，梅普露马上去除装备，被莎莉背在身上跑起来。如果按正常方式走，万一这个素材收集不足，再想去收集其他素材可就没时间了。

弥补梅普露走路太慢的这个策略，是从莎莉进入游戏之后才得以实现的，在地下湖的时候她们就用了这招。

"果然好快！"

"是梅普露太慢啦。"

莎莉就这样背着梅普露向目的地跑去，中途两人和许多玩家擦肩而过。

梅普露第一次活动赢得莫名其妙,而且还站上了表彰台,自然是备受关注。这样的梅普露被某人背在背上跑,不免又小小地引发了一波讨论。

　　两人对这件事倒是丝毫不知,就这么到达了目的地。

　　"谢谢你啊,莎莉!"

　　梅普露站回到地面上,马上装好了防护道具和装备,又伸了个懒腰。

　　"嗯,那我们就开始找那种怪物吧!"

　　根据相关信息指引,她们要找的那种怪物出现率并不低,所以应该稍微花些时间就能找到,于是她们跑进了这座森林。

　　"是在森林的深处,对吧?"

　　"没错,本来就蛮远的,这怪物又不怎么提升玩家经验值,估计没什么人会来找。我们慢慢找就好啦。"

　　两个人向着森林的深处走去。自然,森林里还会出现并不属于她们目标的其他怪物,所以不可能轻松通过。

　　"莎莉!你先躲在我背后。"

　　"明白!"

　　梅普露一边举好大盾,一边迈动步子。必杀大盾就是一座能够吞噬一切的壁垒,它几乎能将前方的所有危险统统消除掉。

"梅普露，上面！"

"上面？"

梅普露向上一看，一只绿毛猴子扑到眼前。这只猴子保持下落的姿势，抬脚踢到了梅普露的脸上。

"哇！"梅普露被这一下突然袭击惊得大喊一声，不过完全没有受到伤害。

猴子直接抱住了梅普露的脑袋，持续攻击着她。不过对于梅普露来说，这个程度的攻击就和挠痒痒差不多。

"'斜斩'！"

莎莉用匕首斩向猴子，猴子放开了梅普露，转而向莎莉扑过去。不过，它的攻击并未得逞。

"在哪儿？"

梅普露转过身寻找，结果出于偶然，大盾将猴子的身体吞掉了一半。

"哦！干得漂亮！虽然好像是偶发事件。"

"哈哈，被发现啦。"

"因为梅普露完全跟丢了嘛，我们的头顶区域也要好好警戒才是呀。"

"说得对，我会照做的！"

梅普露表决心一般，将大盾扬到头顶推了好几下。

"怪物掉下来的道具我们之后换钱？虽然对打造装备没什么帮助。"

莎莉一边将猴子掉落的绿毛收进道具栏，一边这样说着。

这次怪物掉下的道具卖不了多少钱，不过总归积少成多嘛。反正道具栏还有空间，正好可以收下。

接下来，两个人一边对付着从草丛和树上蹿出的怪物一边向前走，就这样走了十分钟。

眼前出现了一片绿茵更浓的区域。

"是这儿吧？梅普露，可以放下了。"

"是吗？"

梅普露将像伞一样撑在头顶的大盾放下来，还和平时一样举在了身体前。从高处飞下来的怪物都是蹦到了大盾上，然后直接被大盾吞噬了。

"总之先找出来一只吧。"

"嗯。"

两个人一边小心警惕着周围的动静，一边一步步前行着。尤其是莎莉，她连一根草叶的晃动都不放过，始终紧盯着周围的情况。

番外　防御特化与巡游第一层

"找到了！"

"哪儿？"

梅普露看向莎莉那边时，对方已经冲了出去。

"'斜斩'！"

匕首扫过草丛，一只身长十厘米的蜘蛛被打了出来。这蜘蛛的身体宛如漂亮的黑曜石，眼睛则如蓝宝石一般闪着光。

"啊！嘿！"

梅普露正举起大盾跑过来，就被树根绊了一跤，以俯冲的姿势接到了蜘蛛。当然不是用手接，而是用挂了"恶食"的大盾。

"没事吧？"

"嗯！谢谢啦！"

莎莉将梅普露拉起身，梅普露拍了拍盔甲上的尘土，向四处张望了一番。

"怎么样啦？"

"打败了！不过好像没掉什么东西。"

"这样啊，那再接再厉吧！"

就这样，两个人在连一声鸟叫都听不到的深林里走着，又陆续打败了十只蜘蛛，但却一个道具都没掉落。

怕痛的我，把防御力点满就对了

"怎么一直不掉呢……"

"因为那个道具好像卖得比较贵吧，所以掉落率蛮低的。怎么办？我们分头行动吧？蜘蛛这种怪物嘛，只要在它开始行动前发现它就很好打败了。"

蜘蛛的血条很短，对于莎莉这种能够事先侦测到大部分敌人位置的玩家来说根本不成问题，对梅普露来说也仅是一个会动的靶子罢了。所以梅普露也很赞同这个提议，两个人决定提高效率去收集素材。

"那再过差不多二十分钟我们再联络。"

"好嘞！加油！"

莎莉向着草丛走去，梅普露看着她的背影消失掉后，开始找起了蜘蛛。但是，迄今为止搜索蜘蛛的工作都是莎莉来做，梅普露完全找不到蜘蛛的踪影。

"对了！'挑衅'！"

梅普露刚一发动技能，近旁草丛中就有一只蜘蛛被钓了出来。它打开魔法阵，对梅普露发起魔法攻击。

"找到了！"

梅普露立即用大盾向着趴在地面的蜘蛛压去。

她的策略就是这么简单。

梅普露的这副大盾和莎莉的匕首不同，它是一击必杀的，可以说破坏力高得惊人。

梅普露收起了按压在地面的大盾，检查了一下刚刚蜘蛛趴过的地方，这一次还是没能收获掉落的道具。

"到再次发动'挑衅'还需要一段时间，我还是先随意找找吧。"

梅普露"唰唰"地翻找着草丛，还去检查了树枝上面，但是都没有发现。她开始觉得，是不是不发动"挑衅"，自己就根本找不到蜘蛛啊。

"好，那就再用一次……"

"梅普露！"

"欸？"

森林深处传来莎莉的喊声。还没到二十分钟呀？虽说一会儿会联系，但现在也太早了。

"我得去看看！"

梅普露循着莎莉声音的方向急急飞奔而去。她"哗啦哗啦"地扒开草丛，找到了莎莉。对方正在和一个比她们迄今为止所见到的蜘蛛都大三倍的怪物展开激烈的攻防战。

"梅普露！快来帮帮我！这家伙超级会躲闪！"

这么说着，莎莉轻松躲开了蜘蛛发出的所有攻击，同时还会予以反击。梅普露想：大概蜘蛛也是这么看莎莉的吧。在她看来，眼前的情况一点都不危急。

"'挑衅'！"

梅普露发动技能，可这技能对蜘蛛似乎毫无作用，它仍旧攻击着莎莉。

"那就……莎莉！快跑过来！"梅普露对着站得离自己有段距离的莎莉如此喊道。

"好的！"

莎莉背对蜘蛛，转身向梅普露猛冲过来。蜘蛛也紧随莎莉背后，不过还是莎莉早一步从梅普露眼前跑过。

"'毒龙'！"

和喷出的毒液浊流相比，黑蜘蛛显得十分弱小。它眼看便再无法追在莎莉身后了，转瞬就已被毒液吞没。

"哦！过度杀伤。"

"莎莉，可别走进去啦，我先去找找掉落的道具。"

梅普露"吧唧吧唧"地踩进毒液的沼泽之中，找出一块沾满毒液、闪着光芒的蓝色球体。蹲下身擦干它上面的毒液后，那乒乓球大小的蓝色球体便如宝石般呈现在她们眼前。

"哦！这还是第一次捡到掉落的道具呢，就是这个东西啦，梅普露！"

番外　防御特化与巡游第一层

"总算找到第一块了！真漂亮啊！不枉我们的努力了！"

梅普露将这个小蓝球在手心里把玩了一会儿，将它收进了道具栏。

"这个东西叫'大蜘蛛的蓝眼睛'，所以这个蓝球竟然是眼睛！"

"是哦？是游戏内才有的素材对吧？大蜘蛛和普通蜘蛛掉落道具的大小、概率都不一样……小的那种我们也收收素材吧。"

"嗯，是呀，要是可以的话，我也想收一些呢。"

"那就开干吧！反正还有时间。"

考虑到有可能遇到大蜘蛛，两个人决定还是像之前一样一起行动。此时一只小蜘蛛从她们眼前路过。

"'斜斩'！嘿！"

莎莉迅速反应，将小蜘蛛打到空中，宛如杂耍一般将蜘蛛斩飞。小蜘蛛毫无还手之力，只能被她硬削血条。

"哦！有掉落！"

莎莉一把接住了从空中掉下的蓝球，交给了梅普露。

"太、太厉害了！我也能做到的吗？"

"用大盾的话有点困难呢……而且我也确实在游戏里磨

炼了好久才做到的。"

"嗯……那就算啦,不过二刀流真帅啊!"

"嘿嘿,多谢夸奖。"

因为大蜘蛛属于比较珍稀的怪物,所以在那之后她们就没有再遇到了。不过还是又打到了十几只小蜘蛛,收获了两枚蓝球。

"这样应该够了,毕竟只是做装饰用的嘛。谢谢莎莉!"梅普露这样说着,倚着树。

"是不是有点累了?"

"嗯,是有点。其实我都没怎么在游戏里到处探索过。"

在习惯这个强度之前,身体会疲劳得很快。

梅普露在参加第一次活动的时候其实也没怎么移动,而且移动之后肯定要休息。而这次探索对于梅普露来说属于比较罕有的连续移动了,所以还是有点累的。

"没关系,你马上就能习惯啦,我一开始也是这样的。"

"嗯,我明白了!"

梅普露和莎莉走出了森林,走到太阳下,两个人一起伸了个大懒腰。

"回城也由我来背你吧!"

"那我就恭敬不如从命了!"

番外 防御特化与巡游第一层

"回去之后我们好好观光一番如何?反正素材也收集好了。"

"好呢!"

"好嘞,上来吧!"

梅普露再次移走全部装备,爬到了莎莉的背上。莎莉用游戏以外难以达到的速度跑了起来,一溜烟地笔直向城镇跑去。

"到啦!梅普露,我们先去哪儿?"

"莎莉决定就好!"

"这么一说反倒有点难选……那我们就先去有食物的地方看看吧,反正是在游戏里,也不会真的花钱,听说也有玩家开店呢。"

游戏里不仅有想刷级的玩家,也有想继续自己兴趣爱好的人。

"走啊走啊!我想吃甜的欸。"

"好啊!那我们找找去!"

为了治愈疲劳的身体,或者,单纯是感兴趣。

两个人为寻找甜食,开始搜索起了相关店铺。

两个人在城镇之中散步,寻找不错的店铺。发现一家店外装是沉稳的褐色，却又带着些奢华的气质。店前装饰的鲜花似乎刚刚被浇过水，花瓣上的水珠正熠熠闪光。

"梅普露，进去看看？"

"嗯！好，感觉会很好吃……"梅普露看了看店门口摆着的黑板说道——上面写着推荐的菜单。

"OK！那我们进去吧！"

莎莉推开门，梅普露跟在她身后走了进去。

店内并不是非常宽敞，不过已经有不少玩家坐在里面了。他们听到有推门声，纷纷看向入口。一见梅普露，玩家们都露出不同程度的吃惊的表情。

梅普露在第一次活动的时候就很有名气了，自那之后，她那一身特征强烈的装备也一样被玩家们牢牢记住。除此之外，还有那次登台颁奖的经历，所以一大半玩家都认为梅普露是顶级玩家之一。不管她去哪儿，总会吸引人们的目光。

莎莉敏感地捕捉到了那一瞬间气氛的变化，于是对梅普露说："你好有名气啊。"

"啥、啥意思？"梅普露糊里糊涂地歪了歪头，她并没有注意到那些玩家看向自己的目光。

"没事，不用在意。咱们先坐下吧，有空位。"莎莉随

手指了一下靠墙边的座位。

"好哇,就坐那儿吧。"

两人坐下来,看起了菜单。慢慢地,莎莉终于明白了那种违和感是怎么回事。

"原来如此,梅普露,你的装备是重装甲,和店里的风格有点不太搭。"

"……是哦。"梅普露瞄了瞄店里其他玩家的装扮。

店里这会儿正好坐的都是轻装上阵的玩家,这显得梅普露更加醒目了。当然,游戏里还是有不少玩家和梅普露一样,一身盔甲,装备十分坚固的。

店里也并不总是像今天这样,不过看到眼下的情况,梅普露已经开始认真考虑入手盔甲之外的装备了。

"接下来咱们去买点什么吧。"

"好呀,不过我们先点单吧!"

"嗯,我也要看看菜单。"

两个人又翻了翻桌上摆着的菜单。这家店的菜单基本就是忠实地还原了现实世界的甜品。草莓蛋糕、香草冰激凌,都是很容易想象到味道的。莎莉选了个草莓塔,梅普露则选了巧克力蛋糕。

两个人点单结束后,又聊了起来。

"下一次活动不知道是什么时候呀……要是那种能两人组队玩的活动就好了。"

"嗯！真想和莎莉一起参加活动呀。"

毕竟两个人好不容易才凑到一起玩这个游戏的，所以她们的共同愿望就是互帮互助，快活地在游戏中一直玩下去。

"如果还是第一次活动那种形式就不行呢。"

"嗯……我也不想和莎莉比拼啊。"

"是吗？"

莎莉还没问为什么，梅普露便直截了当地回答道："因为我肯定打不过你啊。"

"是吗？不过我到时候肯定也会尽力不输给你啦。"

两个人正聊着，点心便被端上了桌子。

草莓塔颜色鲜艳，带着些许酸甜的味道，很有春季的气息。巧克力蛋糕则是稳重的棕色，上面还撒了一层颜色略浓厚的可可粉。

两人立刻品尝起来。

"好吃！要是在外面吃一定很贵！"梅普露吃了满满一大口丝滑微苦的巧克力蛋糕。

"是啊，能简单地吃到这么高级的点心，真好……梅普露那份看起来也不错。"

"我分你点尝尝?"

莎莉捂着嘴巴思索了一下梅普露的这个建议,随后说:"不用了,我直接给自己点一份好了。"

莎莉又追加了一份梅普露吃的那种巧克力蛋糕,随后开始吃起了草莓塔。

"那我也再多点一份好了。"

在游戏里点得再多,也不会伤到现实生活中的钱包。当然,也无须担心热量。

"梅普露!这个看上去也超好吃欸。"

"嗯!那选这个怎么样?"

"不错啊!"

两个人完全沉浸在了品尝甜点的乐趣之中。

"欢迎下次光临。"

大约过去了一个半小时,两个人在店员的问候声中走出了这家店。

"……"

莎莉和梅普露一走出店门,便立即呼出蓝色面板,检查起了属性中的某一栏,那里显示了她们所持有的现金。

番外　防御特化与巡游第一层

"花了……好多钱。"

"是啊……毕竟点了那么多……"

她们进的那家店似乎是相当高端的甜点店。虽然店里的菜单上是标着价格的,但她们还是忍不住点了一单又一单。

两个人都觉得,这一次的确是花钱花得太凶了点。

"呃……接下来去哪儿呢?"梅普露问莎莉。

"去观光一下?野外好像有好几处风景不错的地方。"

莎莉之所以对这些了如指掌,也得益于她总是到处奔走,搜集技能。就算没有技能和实用型道具入手,莎莉也记下了不少能够观赏美妙风景的场所。

"随时都能去的……就是西边那个永远都是晚霞的区域吧?还有北边有一处一直都是夜晚的区域。"

"想去看看,如果莎莉没关系……"

这"没关系"三个字,既包含"接下来如果还有时间",也包含"希望能被莎莉背着运送过去"的意思。否则的话,梅普露真的很难在短时间内去个来回。

莎莉自然是准备和梅普露一起去观光的,也的确会背着她跑来跑去。

"要是有自行车就好了……"

"只能等什么时候发布这种装备了吧……不过，应该会先有马？"

"呃，但我感觉自己可能骑不了马……"

补足了甜点后，两个人重返野外去了。

为了给刚刚大出血的钱包回一回血，两个人也准备打打怪，赚赚钱。

这时，梅普露已经彻底忘了要买点盔甲之外的着装了，等到她真的入手观光用的装备，已是很久之后的事了。

向着西边野外进发的二人，由莎莉放出魔法牵制怪物，倘若有怪物再进一步，就用毒龙给它们献上"大礼"。

"梅普露在这一带应该无敌了吧。"

"嘿嘿，是吗？"

"我也得加油赶上！'火球'！"

火焰弹和梅普露的毒液奔涌相比，魄力虽然不足，但是每次发射出来都能准确地击中怪物的身体。虽略有些不起眼，但迄今为止逐渐培养出来的战斗技术已是可见一斑。

"嗯，一般般啦。"

"莎莉，是不是快到了？"

"还差一点点吧，你看，是不是逐渐能看到了？"听莎莉这样讲，梅普露也眯起眼望向地平线。

"和夕阳……没啥关系是吗？"

"的确，只是个标志啦。"

莎莉稍微提高了速度，仿佛在做冲刺，随后她向着标志下方奔去。

"好啦，到了！"

梅普露从莎莉背上下来，穿回装备环视四周。几根高低不一、表面像被粗略削过的岩柱以等间隔围成一个圆形，看上去很像英国的巨石阵。

圆圈中央的地面上有一个烧焦的痕迹，看上去颇有神秘气息。

"接下来要怎么办呢？"

"这样！"

莎莉快步走向烧焦的痕迹，在痕迹中间站住脚。

"'火球'！"

似乎在呼应莎莉放出的火焰，她们脚底的焦痕突然发出红光。

"梅普露！快来！"

"欸？啊？嗯！"

梅普露快跑几步来到莎莉身边，两个人站在一圈石柱的中心，等待变化的发生。

只见脚底的红光变成了更加浓郁的红色，从耸立的岩柱底下宛如蜘蛛网一般放射出去。仿佛烧痕一般的红色逐渐侵蚀着岩壁，整个石柱宛如火柱般煌煌发亮。

"差不多了，来了！"

"啊？"

眼前突然一片雪白，梅普露慌忙闭上眼，抬手捂住了脸。

两个人的身影仿佛被烧成灰烬一般消失了，燃烧的火焰也逐渐弱下去，很快，那片地方再次回到了只剩焦痕和岩石的凄凉样貌。

梅普露不知道发生了什么，当感受到清风吹拂，她才又微微张开双眼。

"哇！"

风儿恬静地拂过梅普露的发丝，两个人眼前展开一派和刚刚完全不同的风景。梅普露和莎莉并肩站在小丘上。斜向下延伸的道路两旁的坡面种满了向日葵，一直延伸到对面，仿佛是一片染成黄色的海洋。

天空中一轮巨大的夕阳正照耀着这一片花海，天上还静静挂着飘浮的城镇，还有巨龙的轮廓。这些都在提醒她们两人，眼前的景象并非真实存在。

周围一个人影都没有，只能听到风儿吹过的声音，干爽的风送来海潮与向日葵的清香。

"这个地方，在现实世界很难看到呢。"

现实生活里，应该没有哪儿是既有这般美景，又如此人烟稀少的吧。静谧的潮水声轻轻响起。

"嗯！真好看啊……但是，这景色又似乎有点凄凉……"

"啊，的确有点凄凉。"

梅普露和莎莉在通往海边的小路上走着。周围的向日葵比两人的个头都高，如果走进其中，估计会彻底隐藏身影。

"要不要摘一枝带回去呢？"梅普露戳了戳路边的向日葵秆子。

"这个好像属于不能破坏的景观，所以估计是没法带走了。只能在脑海里记住这片美景再回去啦……不过要是梅普露学会了火系的技能，随时可以过来啦。"

"那我就找找这类技能吧！"梅普露努力回忆自己是否学过火系的技能，但印象里好像的确没有。

沿着一个平缓的下坡走到海边后，能够看到一片明亮的沙滩。海浪拍打在细碎的砂粒上,反射着夕阳的余晖。两个人一直走到水边,突然发现地上有两个东西贴在一起。

"这是什么啊?"梅普露捡起一个查看。

这个是"茜色珍珠贝",贝如其名,它的壳是红色的,张开的两片贝壳间,放着一枚粉红色的珍珠。道具说明上只是说可以高价卖给NPC,没写别的。

"应该是纪念品吧,不知道能不能拿来当素材,不过主要是卖钱的吧。"莎莉也捡起一枚珍珠贝,放在手上仔细端详。

那颜色仿佛晕染着夕阳的光辉,非常适合用来为今天的美好回忆做一个注脚。

"那就把它好好珍藏起来吧!"梅普露一边说,一边将珍珠贝收进道具栏。

"我也准备收藏了,感觉卖掉有点可惜。"莎莉也赞同梅普露的想法,将珍珠贝收进了道具栏。

以后只要把它拿出来看看,这一天的这片风景就能重现眼前了。

"莎莉,咱们再在这儿慢慢逛逛吧。"

"好哇,我本来也是这个打算呢。距离能去夜晚限定区域还有一段时间,中途可以暂时先下线。所以这会儿我们就先闲逛一下吧。"

"嗯！赞成！"

两个人决定在这里多待一阵子。

梅普露坐在沙滩上，指着远远地浮在天边的飘浮城镇："那些地方不知道什么时候才能去呢？"

"是哦……我在别的游戏里倒是打过这种飘浮城市。"听莎莉这样讲，梅普露一脸羡慕。

"我们到时候一起去吧，两个人一起。梅普露说不定能打赢那个飞在天上的龙呢！"

"欸？那个我估计是打不赢的吧！"

不知何时有机会去那儿探险，想到这儿，两个人的内心都充满了期待。

"梅普露你好像很开心呀，真好。"

"嘿嘿，嗯！我玩得特别开心哦！"梅普露如此说着，露出微笑。

直到两人离开这个区域，不，应该说她们离开这个区域之后，那轮大大的夕阳仍旧静静地挂在空中。

走出永恒的夕阳区域，两个人一度下线，随后再次在广场集合了。

梅普露一上线，就向着约定好的喷水池走去。入夜后的城镇点亮了柔和的街灯。这会儿的 NPC 也变少了,显得整个城市的气质和白天很不一样。梅普露四处张望,寻找着莎莉。

"莎莉……啊!在那儿!"

"嗯!你也来啦,梅普露!"

"我们出发吧!"

"OK!那就向北走吧。"

两个人走到城镇北侧,又按照一直以来的移动方法向北方进发。

"有些怪物的武力值仅在夜晚增高,也有些怪物只在夜晚出现,这些梅普露都要小心哦。"

"嗯!交给我吧!"

莎莉说的其实就是那些夜行性的怪物。所以反之,也有些怪物仅在白天出现。

"哦哟!还真是说曹操曹操就到……"

"欸?什么?啊!"

从空中突然无声地落下一个什么东西,正撞到梅普露的脑门上,随后再次飞上了天。虽然梅普露卸下了全身装备,只留了一把短刀,但是她的防御能力还是极度优秀的。还不至于被偷袭的怪物打掉血。随后,这怪物又向二人袭来。

"梅普露,你先下来!"

"明白!"

梅普露从莎莉的后背上猛地跃下,离开了她。

"'挑衅'!"

梅普露将怪物引向自己,随后紧急套上装备。怪物从空中降落,开始反复对梅普露进行毫无效果的攻击。定睛一看,怪物的数量竟然还增加了。

"'二连斩'!"

莎莉向着梅普露的方向挥动匕首,直接刺向一只要攻击梅普露的怪物后背。

"是猫头鹰!"

被莎莉击倒在地的怪物,原来是猫头鹰。莎莉又对着倒在地上的猫头鹰补了一刀,那只猫头鹰的最后一点血条也空了。

可是,还有好多猫头鹰在天上飞。

"梅普露,向上召唤毒龙!"

"明白!'毒龙'!"

梅普露向着天空刺出黑色的短刀,展开一个巨大的紫色魔法阵。看到魔法阵后,莎莉便尽全力离开了现场。她

怕痛的我，把防御力点满就对了

必须离开那片地方，因为数秒之后，梅普露的周边都会被毒龙变成地狱。

那条飞上天的三颗头巨龙，将梅普露身边的几只猫头鹰直接吞下。随后，毒龙向远远的天空冲去，将比雨滴大得多的毒液泼洒下来。就在那一瞬，萦绕天地之间的剧毒将全部猫头鹰都击败了。有毒的紫色液体还在"啪叽啪叽"地落到地面上。

"梅普露！我没法去你那儿，你还是走到我这儿来吧！"莎莉远远地对梅普露喊话。

梅普露卸去了装备，向莎莉跑去。

"没想到清除得这么利落！"

"那样才对劲儿啦。如果游戏里净是些连梅普露都要苦战才能打赢的怪物，那估计没有几个玩家能活下来了。"

"是这样吗？"

"就算有人活，估计也就是那几个顶级水平的玩家吧。"

如果到了需要梅普露去苦战才能赢的程度，那换成一般玩家可能一下就挂了。

"总而言之，我们出发吧，再遇到猫头鹰就还按这样去打！"

"好的！"

番外 防御特化与巡游第一层

两个人再次以最快的速度向着目的地前进，不久便走入一片森林。

一般森林之中都很昏暗，走起来比较困难。可是这座森林却有些不可思议的光亮。其中一种光亮的来源，是树干和草丛中飞翔着的，五厘米大小的萤火虫。还有一种，是发着微光的苔藓，它的光亮可以帮助玩家看清脚边的情况。在苔藓的光亮下，能够看到脚边的草丛和荆棘。

因此，走到这儿，莎莉就不能再背着梅普露了。

"穿上装备，走吧！"梅普露打头，在森林中前行。

其实，莎莉打头会比较容易感知到危险，但是只要有一次没逃离成功，莎莉就有可能被击倒。换作梅普露打头，就算踩进陷阱里，也能硬闯通关。

按照玩家的想法去行动，还能全部都顺利通过，听上去似乎有些荒诞，但这就是梅普露的强大之处。再加上，梅普露擅长向某一特定方向实行长距离攻击，所以，让梅普露打头变成了理所应当。

"要是发现了什么，一定要告诉我！"

"嗯！小心脚下的荆棘哦！"

正说到这儿，梅普露眼前的地面上突然直直伸出一条荆棘藤，正冲她而来。

"嘿！"梅普露稳稳地举起大盾，瞬间将荆棘吞噬掉了。敌方顿时失去攻击力，剩下的半截荆棘藤发出"啪嚓"一声，也化成一道光，消失了。

"你这个大盾真的好强啊！"

"是吧！它真的好帅，我特别喜欢它！"梅普露抚摸着盾的边缘道。

它要比那种不怎么样的武器强大很多很多倍吧。

"那接下来还是拜托你啦！"

"嗯！我们继续前进吧！"

两个人中途又遇到了几只蝙蝠，也是轻松战胜，很快就抵达目的地了。

"这儿吗？"梅普露指着眼前。

"没错，就是这儿。"

两个人眼前耸立着高达两米的洞窟入口。那大张着的入口，似乎在诱惑着充满期待、心怀恐惧，同时又渴望着宝物的旅人进入其中。

莎莉从道具栏中取出火把点燃，这样便能稍微看清一些入口内部了。

"有向上的台阶哦，而且还比较窄，能请梅普露打头吗？"

番外　防御特化与巡游第一层

"没问题!"

"OK! 那我们进去吧,似乎有很美的景色等着我们哦!"

两个人踏进了洞窟内部,向着前方的美景进发。

两人在这段陡峭的台阶上爬着,这一段石头台阶没有扶手,凿得也很敷衍,光是向上爬就很吃力了。在这种情况下,就算出现怪物,考虑到莎莉就在身边,梅普露也没法在这么狭小的台阶上放出毒龙,短刀也派不上用场。于是梅普露从莎莉手上接过了火把,帮她腾出了双手。

就这么向上爬了十分钟。

两个人一只怪物都没遇到就爬完了台阶,抵达顶端。天空上挂满了在现实生活中看不到的繁星,舒适的夜风轻轻吹拂着两人的头发。

"还爬了挺久的,这是哪儿呀?"

"太暗了,有点看不清。我只知道周围都是悬崖,一定要小心!"

"悬崖?啊啊!那儿吗?"

梅普露和莎莉其实是从一个直径十米的圆柱之中爬上来的。这个地形放在白天也十分醒目,就连梅普露都有印象。

"没有其他人,运气不错。"

"那、那是什么啊?"

梅普露开始确认起了可以行动的范围,她在石柱上绕着圈走着,这时火光照到一个东西。

那是一张木头桌子,制作得十分精细,表面也很光滑,看上去十分精致,不像是会摆在户外的样子。桌边还相对摆着两把椅子、两只红酒杯和两副刀叉,还有漂亮的白碟子。桌子的正中间,是一个没有点火的烛台,上面还剩着一截蜡烛。

"莎莉,我们要坐下吗?"

"坐吧,似乎得坐下才会触发什么……"

这一次莎莉也不知道会发生什么。她只是从公告栏上偶尔见过相关描述,说是在这儿会发生一些有趣的事,所以经常有人排着队等待一类的……

"那我们数一、二、三——一起坐下?"梅普露提议道。

"好的!"

"一、二、三!"

两个人手扶着椅子的靠背,同时拉出椅子,坐了下来。紧接着,蜡烛突然点燃了,桌子被照得雪亮,红酒杯在二

番外　防御特化与巡游第一层

人眼前慢慢升起。

两个人睁大了双眼看着这幅景象，此刻，星空之中突然垂下了两条深蓝色的线。这两条深蓝色的线分别注入她们的酒杯之中，将酒杯注到一半的程度，飘起的酒杯便又"咔"的一声落回到了桌面。

"这是什么意思……"

"欸……"

红酒杯中，是一汪小小的夜空。细碎的繁星和头顶的星空一样闪着光，流云缓缓浮动，云间挂着一弯新月。

抬起头似乎就要被吸走的这片夜空，如今竟反被吸进小小的红酒杯中。而杯中的星空，此刻就在二人眼前摇曳着。

她们正惊讶地望着这杯"星空"时，一旁的碟子也缓缓飘了起来。蜡烛上的火焰"啪"地一下弹起，两团小火球飞进了两只碟子里。火球滚着滚着，变成了两颗漂亮的球体。

两个人正紧盯着那球体时，从空中又落下两滴缠绕着光芒的水滴，滴进盘中。盘中的光芒离开了水滴，变成发着微光的小小的淡黄色球体。那水滴便也和刚才的小火球一样，在碟子上缓缓飘动着。

此时，碟子上有红色、蓝色和黄色三种颜色的球体在静静漂浮着。

碟子本身也轻轻落回到了桌子上，此时，正好在她们两人之间，一个双方都能看到的位置上，显现出一个写着菜名和一段留言的卡片。

"迷你天空……"

"还写着'请用'。"

两个人对视了片刻，随后对着碟子上的球体伸出了刀叉，吃了下去。

"不可思议的味道……"

"好吃……吗？梅普露觉得呢？"

"唔，嗯……像是同时吃到了草莓、橘子和苹果的感觉？我也不太清楚……"

"啊，哎呀，我懂你说的那种感觉。"

一脸困惑的梅普露和莎莉相对颔首。有点甜、有点酸、有点烫又有点凉……这估计在现实世界是吃不到的吧。梅普露想。

"尝尝杯子里的味道吧。"莎莉举起酒杯，喝了一口"星空"。"星空"在她口中跳动着，液体的感觉瞬间就消失了。

"莎莉？啊！你的头发在发光！"刚把红色和蓝色的球

吃下去的梅普露指着莎莉的头说。

"咦？"为了确认梅普露说的话，莎莉从道具栏拿出手持小镜子查看自己的头发。

果然，她的头发仿佛洒满星光一样，熠熠生辉。

"嗯？梅普露！你眼睛的颜色变了啊。"莎莉说着，将手中的镜子递了出去。

梅普露接过镜子一看，发现自己的左眼变成了红色，右眼变成了蓝色。

"咦？这，还能恢复原样吗？"

"我、我也不清楚呀。"

结束了夜空下的这顿晚餐后，两个人一个顶着闪闪发光的头发，一个带着变了色的眼睛，从椅子上站起了身。

此时，桌上那枚卡片上的字出现了变化。莎莉拿起卡片读出声：

"非常感谢二位的光临，这次请二位品尝的菜色加了太多提味的元素，实在是失败。请二位下次再来光顾，这是送给二位的歉礼。"

紧接着，两个瓶子"咚"的一声出现在桌子上。

莎莉拿起这两个瓶子，梅普露望着瓶子问道："那是什么呀？"

"上面写着'瓶装星空'。"

"有什么效果?"

莎莉清清嗓子,改变音色读起了上面的说明:"这是失败主厨的失败作品,绝对不要打开!而且也打不开!不过看上去还是很美的……说明就是这么写的。"

"哇……"梅普露从莎莉手中接下其中一瓶,收进了自己的道具栏。

虽然上面说了"打不开",但是即便能打开,梅普露也会遵守说明的要求,不去打开它的。

"下次还想再来吗?"梅普露问莎莉。

"等主厨手艺变好了再来吧。"

"哈哈哈……看这样子是够呛了。"

就这样,两个人离开了这个不可思议、有点好玩、令人印象深刻的夜空之下的餐厅。

又过了几天,两人在公告栏得知那家店偶尔还是会做出成功料理的,便转念开始考虑下次再去了。

在那片星空下吃过一顿不可思议的晚餐后,又过了几天,梅普露的眼睛和莎莉的头发都恢复了原本的模样。

梅普露独自上线,开始在城镇里徘徊。今天有一个地

番外 防御特化与巡游第一层

方必须要去。

"呃……是往这儿走吗?"

左拐,右拐,梅普露在对她的脚程来说大得可怕的城镇里走着。

"啊!找到了!"

她总算看到了一直在寻找的那栋建筑物,于是稍稍加快了步伐,推开门走了进去。

"哎呀,好久不见哦!"

"是呀,好久不见了,伊兹。"

店内十分熟悉。就在柜台对面,伊兹正在往架子上摆着货物。

梅普露已经攒好了素材和现金,这次来是请求伊兹制作装备的。她把现金和素材都交给了伊兹。

伊兹一边检查着材料,一边说:"现金足够了……不过嘛,嗯……"

"怎、怎么啦?"

"单只有这种素材的话,防御力和装备的耐力都不会太高呢。上次活动我有看到你的战况,按照你的作战方式,我觉得还得再追加一些材料才行。"

梅普露和莎莉对制作领域并不了解,所以在收集素材的时候也没把装备的质量放在心上。她们也不清楚什么样的素材能够提高装备的质量。结果，按照现在准备的材料来打造装备的话，还有些不足之处。

"呃……那需要些别的什么？"梅普露自然希望能收获一副最好的装备。

"……稍等哦。"

伊兹开始一样一样地告诉梅普露需要收集哪些必需素材。聊完和素材相关的内容之后，伊兹的讲解也就暂时告一段落。

"哦哦，对了！还差一件。"

伊兹突然又想起一种素材，一种纯白的矿石。

"要采掘这种矿石，需要很高等级的技能。梅普露可能还没有这种技能……嗯，这样吧，那就这么办。"伊兹似乎想到了好点子，不住地点着头。

将思路在脑中整理了一番后，伊兹如此传达给了梅普露："要想得到这种素材，就得深入满是怪物的山洞里。一次能入手的量还是很大的，我有时候会请保镖保护我去开采，不过眼下这种矿物没有库存了，所以呢……"

接下来，伊兹将自己的建议告诉了梅普露。她希望梅普露能护送她深入矿洞，在那儿挖到的矿石，她可以让给梅普露一部分，装备的制作费用也可以打折。

梅普露简直没有拒绝的理由，她毫不犹豫地接受了伊兹的建议。

"你如果有空，咱们马上就可以出发。"

"嗯，那、那就请多关照了！"

"嗯，也麻烦你多关照呀。"

于是，两个人就准备向着矿洞的最深处进发了。

梅普露先走出了店铺，伊兹稍做了一会儿准备，紧跟着也走了出来。

伊兹将店门上挂着的牌子翻转，显示为"外出"，随后便转向梅普露道："那我们就出发吧！"

"好的！"

梅普露快步跟上了迈步走开的伊兹。自然，伊兹的步速要比她快很多。

工匠在冶炼时需要"STR"，习得采集技能的话，还需要"DEX"和"AGI"达到一定值才行。伊兹的属性点毫不浪费，点得非常平衡。

伊兹注意到梅普露跟得有些费力，于是放慢了脚步。

"战斗的时候就像换了个人……不，可能没有吧。"伊兹小声念着。

当时在活动的视频中,梅普露是以压倒性的攻击力击败对方的强者,现在倒是看不出她有那么大杀伤力。想到这儿,伊兹又回忆起视频中梅普露战斗时的表情,当时的她和现在一样,都是兴致勃勃、充满期待的模样。

"做个什么样的装备好呢?"

为了让梅普露更加享受游戏的乐趣,该给她制造一副什么样的装备呢?伊兹一边思考着,一边和梅普露并肩走出了城镇。

野外和城镇不同,会出现一些妨碍伊兹和梅普露前进的怪物们。

虽然她们前进的速度变得更慢了些,但是梅普露身为"保镖",倒是没让伊兹受到什么攻击。她是用"挑衅"引开敌人攻击,来保护伊兹的。

突然一头狼从梅普露背后冲上来,从后方咬住了她的脖颈,梅普露被狼的体重压倒在地。

"哇!呜呜!快放开我!"

梅普露用力甩着头,想把狼甩开,但效果并不理想。最终,她只好选择暂时被狼咬着,再后背着地把狼给甩开了。一旦摆脱,狼便再无胜算,梅普露没花什么时间,就用大盾把狼吞掉了。

番外　防御特化与巡游第一层

一边保护对象，一边还要控制自身所受的伤害。一直以来，伊兹眼中的保镖都是这样的形象，但是梅普露似乎忘记了还有后半部分。

实际亲眼看到梅普露战斗时的模样，伊兹愈发感到她有多么别具一格。不知怎的，她战斗起来总给伊兹一种很累的感觉。

"这样一来，也就能理解她为什么能存活下来了。"伊兹再次确认了，梅普露能在排行榜里冲进前几名，绝不是什么运气和偶然。

接下来，两人慢悠悠地移动着，平安无事地走到了洞窟入口。

山体之中的这个洞口缓缓向地下深入，即便是在白天，洞里也一片漆黑。地面微有些潮湿，道路还算宽阔，大概能容下四个成年人并排行走。

"小心点呀。"

"好的！"

伊兹从道具栏中拿出提灯照明，周围的情况更容易看清楚了，只要小心脚下，就不太容易跌倒。

两个人顺着平缓的下坡走去。梅普露摆好战斗姿势，用大盾和短刀开路。伊兹跟在她身后，手拿冶炼时用的锤子，以防万一。

"也要小心头顶哦，这会儿差不多要有怪物冒出来了。"

"好的，头顶是吧……"梅普露正抬头望上去，突然有什么东西掉下来，碎在她的额头上。梅普露大吃一惊，闭着眼将大盾当成伞举过头顶。

待她冷静下来，查看周围的地面，才发现有一只长三十厘米左右，尾巴上缠着尖利岩石的蜥蜴。不过它尾巴上的石块基本都碎了，地上还撒着一些石头的碎屑。

这只守在岩石壁顶的蜥蜴怪物感知到了梅普露，于是落了下来。然而一撞到梅普露身上，这只脆弱的蜥蜴便踏上了悲哀的死亡之路。

"嘿！"梅普露将大盾向地面一击，蜥蜴的血条彻底清零。

"吓我一跳……"

"……这样就算结束了是吧？"

发出致命一击却毫无意义，这种级别的怪物根本赢不了她。那就是说……其实梅普露压根儿没必要注意头顶了。

"这儿估计没有能打倒梅普露的怪物……了吧。"伊兹回忆起以前来这座矿洞的经历，实在是找不到任何一种能击垮梅普露防御的怪物。

番外 防御特化与巡游第一层

说真的,要是有那种怪物存在,过去保护她的那些保镖也都没机会活命了。

"那我稍微减少一点比较好吧。"

伊兹将腰包里装着的恢复 HP 的药水取出了一些,收回到了道具栏。取而代之的,是能暂时强化属性的药丸。反正也没有需要恢复血条的对象,所以装那么多药水也没什么用。

"接下来怪物会变多,加油哦!"

"好的,没问题!"

梅普露再度将大盾摆在胸前,一边注意着头顶、脚底和洞壁,一边小心地向前走着。

的确,越向深处走,遇到的怪物就越多,其中不少怪物都是直冲梅普露扑上来。比如哥布林、泥人——也就是魔像。它们会先向着梅普露冲过来,然后再近距离攻击她,比如挥拳,或者用武器突刺。

可是最终,它们还是会从头开始被梅普露的大盾吸进去,随后,仿佛陷入无底泥沼一般,逐渐下沉,最后消失掉。

"唔……"

"谢谢,嗯,马上就到了。"

伊兹拿出来时使用的洞窟地形图,确认着目的地和她们两人此刻的所在地。

因为曾经探索过这里，而且梅普露又拥有压倒性的防御能力，凭借这两点，她们二人这一次探索十分顺利。

此外，由于洞窟的地形限制，所以怪物大多是从前方冲过来的，比起容易被怪物团团围住的野外，这儿反而更容易打败怪物，顺畅前进。

因此，梅普露和伊兹毫发无损地就抵达了矿洞的最深处。

"看到了！是这个吗？"

梅普露碰了碰被伊兹的提灯照亮的洞壁。

梅普露摸到的表面，被一些凹凸不平的白色矿石覆盖，在中途她还未见到过这些矿石。

"没错，就是这个。稍等。"

伊兹从道具栏中拿出一把超大的鹤嘴锄，开始开采工作。

白色矿石每次被鹤嘴锄敲打，都会变成道具，掉落在伊兹脚下。大概敲凿了五次之后，伊兹回收了脚边的道具，向着下一个矿点走去。

洞穴最深处到处都是白色的矿石，她们这次的目的，就是把这些矿点的矿石全都挖走。最深处不会再冒出怪物来，所以也能专注地挖矿。

番外　防御特化与巡游第一层

总算是尽到了保镖的义务，梅普露也松了一口气。

梅普露从伊兹那儿借来一盏提灯，为防万一，梅普露站在了怪物出没的区域和挖矿区域之间。这是她第一次做保镖，多个心眼总归没有坏处。

在她认真放哨的时候，伊兹已经顺利采掘结束，回到了梅普露身边。

"总算弄完了，我们回去吧，还要研究一下装备设计呢。"

"好！回去的路上我也会加油的！"

回程和来时一样，梅普露都是举着大盾前进。洞窟里没有一个怪物能够阻止梅普露的脚步。梅普露依旧按照和进来时相同的方法搞定了所有怪物，以缓慢的速度回到了城镇。

返回伊兹的店里，两个人面对面坐到桌边。接下来就是敲定装备外观的阶段了。只是确定外貌，和性能无关。

话虽如此，梅普露也不是随便什么模样都能接受。的确存在一些比性能还要重要的东西，也是梅普露很重视的一部分。

"好，那你想要什么样的外观呢？"

"什么样的……什么样的？嗯……"

梅普露脑中还没有什么非常具体的想法，她只大致想要一个白色的装备。但是，真的只是大致而已。她还没有什么马上能回答得上来的详细要求。

不过，这次探索使她有了些想法，于是她从这一点开始向伊兹讲解起来。

"经历了今天的探索，我愈发觉得……我的大盾真的会摧毁一切，我想要一副普通的盾……"

伊兹听了梅普露的想法，点了点头。正如她所说，在游戏中自然会出现想要区分使用不同装备的时候。就是为了解决这个问题，所以才会出现副装备。

"原来如此……就是说，首先需要的是一副盾，是吧？然后我们也可以多加素材，让盾的力量更强大。不过，再要其他装备的话得等下次再说了。"

梅普露决定加入更多的素材，制造一副更好的盾。虽然她也想要盔甲和短刀，但与其做一套不上不下的装备，还不如保证有一件装备足够优秀。既然知道了素材从哪里可以搞到，还需要的话，下次再跑一趟就好。

决定只做盾后，话题又回到了梅普露还没什么想法的设计上来。

"怎么办呢？"梅普露哼哼唧唧地苦恼着。

见她这样，伊兹提议道："这样吧……既然你完全没想法，那我先拿几副盾给你作为参考好了，稍等哦。"

伊兹从椅子上站起身，走向店面深处。她往道具栏里装了几副盾后又回来了。

"咱们一副一副地看。"

"好！"

伊兹将手中的盾牌展示给梅普露。有的盾牌装饰物繁多，有的则十分朴素，有圆润的盾，也有四角形的盾。

面对如此多的选择，梅普露反而愈加迷茫了。伊兹拿来的这些盾自然都是她本人做的，每一副都做得非常出色，梅普露实在是拿不定主意。

正犹豫着，梅普露突然注意到自己看了这么多盾，其实有一副是她最喜欢的。

"伊兹，我想要一副这样的！"梅普露拿给伊兹看的，是她一直在用的那副黑色的盾。

"原来如此，我明白了！那我就参照这副盾的模样，形状也尽量接近。这样你用起来手感也不会有什么变化了。"

"那就辛苦你了！"

定好了设计的方向，伊兹就要开始正式设计盾牌的样式了。

伊兹从道具栏调出了一件类似合同的道具，收下梅普露的素材和现金,约定为她制作盾牌。

"做好之后我会联系你的,大概会过几天吧。"

"好的!拜托你啦。"梅普露鞠了一躬,随后离开了伊兹的店。

"呼……一切顺利,太好了。"

保镖工作做得不错,新的盾牌也开始制作了。

总之,今天的目标都完成了,梅普露开始期待盾牌做好的那天。

梅普露请求伊兹制作盾牌的三十分钟后,克罗姆也到了伊兹的店里。

"啊呀,克罗姆,你今天是要来保养装备的吗?"

"是呀,拜托喽。"克罗姆从道具栏里拿出一套装备,交给了伊兹。

伊兹接过装备走到店深处,稍过了一会儿,她又捧着耐力值已经恢复的装备回来了。

"弄好啦。这次受损蛮厉害的,可别弄坏呀。"伊兹叮嘱着,将装备还给了克罗姆。

克罗姆的装备可是伊兹的得意之作,所以她希望克罗姆尽可能不要弄坏它。

番外　防御特化与巡游第一层

"抱歉啦，最近总是在战斗……毕竟想要在第二次活动上拼个好成绩。"

"有什么收获吗？"

"还行吧。那我继续去打猎喽，谢谢你。"

"是吗？哦，对了，梅普露刚刚才来过哦。"

一听伊兹这么说，克罗姆停下了脚步。

"哦？早知道我就早来一会儿了。嗯……她已经开始定制原创装备了吗？"克罗姆略有些吃惊地问道。

于是伊兹将二人如何探索洞穴，结束后回到店里如何讨论盾牌的设计，都简略地告诉了克罗姆。

"再制作一副盾，原来如此。也是，只用那副黑盾有点太极端了，不太方便。"克罗姆一副非常理解的样子，点了点头。

同样是大盾手，他也遇到过用普通盾牌可能更方便一些的情况。

"是啊，不过你们应该还会在哪儿遇见的吧？我经常看到她在镇子上走来走去呢。"

梅普露的装配实在醒目，所以走在城镇里十分好辨认。

即便如此，克罗姆最近仍然很少见到她。因为他都在狩猎怪物，和整日在镇上观光游览的梅普露碰不到一块儿。

"过阵子我会去找她的,不过我还是先练得再强些吧。"

"为你加油哦!"

对话结束,克罗姆走出了伊兹的店。

虽然被梅普露轻轻松松地超越了,但克罗姆也不甘心就这么败给她。

经过反复战斗,克罗姆已经找到了手感,为了加强自身能力,他再度返回了旷野。

后记

非常感谢您买下这本书。

我是承蒙很多人的支持,以及一些非常偶然的机遇才走到今天的。

真诚地感激给了我出版机会的编辑老师,以及负责插画的狐印老师!

在这本书的读者之中,既有在"成为小说家吧"网站上支持我的读者,也有想要试着读读新作品的读者吧,真的很感谢你们!

记得自己刚开始写小说时,文笔很稚拙,读起来也不通顺。虽然如今也还有许多需要改进的地方,但是总算有了一些进步。

开始创作《怕痛的我,把防御力点满就对了》这个故

后记

事的契机,其实只是想转换心情。出于偶然,这个故事获得了关注。如今我还记得那种感觉,就仿佛一束聚光灯突然"啪"的一声打在了自己身上一样。

一夜之间就变了——这说得可是真的呢!也正如"起念便是吉日"这句话所说,那天的偶然起念带来了好运,于是如今我仍旧紧紧抓着这份念想,不愿撒手。

而且,我之所以能继续将这个故事写下去,全靠读者们的支持。大家的鼓励和指教,还有阅读,这些都是我继续创作的动力。

如今,这部作品我已经坚持写了一年。这是一段很长又很短的,十分不可思议的时光。

只能用感激不尽来表达我的心情了。

一直在表达无尽的感谢,那后记就全变成感谢了,所以我也稍微谈谈本作的内容吧。

首先是决定一个简称,我决定就用"全点防御"了。本书的全称太长,所以最好是选择一个简短好记的简称。

我其实也没给小说想过简称啦,所以希望大家也能觉得我想的这个好记吧。

除此之外,小说做实体出版后增写新的内容,这对我来说也是第一次体验。要在不破坏原有内容逻辑的情况下再加入新内容，写起来还是很难的。不过有辛劳就有收获，我想，增加的这部分，应该可以进一步将大家享受游戏的那种快乐传达给读者吧。

再从个人情感上补充一点。这部作品是花费了很长的时间才成为实体书的，所以对于一开始连载时就鼓励我的读者，我想要表示更进一步的感谢。

哎呀，结果我还是折回到感谢上了，那么后记和《怕痛的我，把防御力点满就对了》的第一卷就写到这儿吧。

那一天，是许许多多人给了我一份偶然的机遇，我一定会好好珍惜。

如果还能再有一次偶然出现，也非常期待我们能再次相会！

衷心盼望着那一天的到来！

夕蜜柑